新明

謎島

東京図書出版

目次

出逢い

２０１９年、ある国から新型ウイルスが発見された。このウイルスは、僅か数カ月の間に、感染者が増加し、世界中に激震が走った。３年間でこのウイルスの感染者数は、世界で累計7億人を超え、死者の数は2億人を超えた。世界の国々では、株が暴落し、経済は破綻となり、ある国では、豊かな領土を巡り戦争が勃発。そのため、世界中の各国が、我が国を守るために、戦争という選択をせざるを得なかった。

地中海の小さな街の外れに、マイクというおじいさんが住んでいた。このおじいさんには妻子はなく、楽しみと言えば犬の面倒をみることだけであった。この街は、きれいな海に囲まれ、漁業が栄え、人々は活気に満ちていた。魚貝類は豊富で、中でもクロマグロは、世界中から称賛の声が上がっていた。男達は、夜が明ける前から漁に行き、午前10時頃には陸に戻って、食事を済ませると、皆が家に帰って犬の面倒を見ていた。

この街の男達の趣味は闘犬であった。独自のルールを作り、犬と犬を戦わせ、勝った方に褒美を与えランクを付けた。この街の男達は、強い犬を作るのに必死で、世界中から強い犬の血統を仕入れ、日々努力していた。

マイクじいさんは、この街の誰よりも闘犬のことは詳しいが、未だ満足できる犬に巡り会えずにいた。優れた闘犬を作るには、優れた血統が必要だが、なかなか思うようにはいかず苦労していた。

近々メスのリンが初出産で、どんな子が生まれるか、毎日が楽しみであった。リンにあてた犬は、トルコ原産のカンガルドッグで、体高は90センチ、体重85キロ、体長185センチ、中毛で色は白、大型犬では世界で五本の指に入る犬種だが、マイクじいさんは、闘犬として見ると、一つ足りないものがあると思っていた。それは皮膚の弛みであった。カンガルドッグは、噛む力——咬合力は犬の中では一番だが、噛まれたとき弛みが少ないので、怪我を負うことがある。攻撃には強いが防御には甘い。そこでマイクじいさんは、弛みのあるリンと一緒にしたら良い子ができると考えた。

リンの父親はイギリスのマスティフドッグと聞いているが、母親の血統は分からないままでいた。

マイクじいさんの家にリンが連れてこられたのは、生後8カ月の頃だった。リンの毛色は赤で、胸に白が入っているのが特徴で、骨格も良いし顔付きも良い、バランスの取れた素晴らしい犬だと思った。だが、メスだということが、マイクじいさんは残念でならなかった。メスは、闘犬にはなれない決まりがあり、子取りしかできないからであった。

しかし、リンはとても頭が良く、マイクじいさんの言葉をすぐ理解して行動するので、マイクじいさんとしては、初めは渋々飼っていたが、いつの間にか、リンを心から愛し信じるようになっていた。このリンの頭の良さと、カンガルドッグの咬合力の強さが、これから生まれてくる子にどう出るか、マイクじいさんは毎日が楽しみであった。

このまま順調にいけば来月には子が生まれる。リンのお腹は、日に日に大きくなっていた。マイクじいさんは赤身肉を増やし、一日二回の餌を三回にしてあげた。それから3週間が経った頃、リンのお腹は、張り裂けんばかりに大きくなっていた。臨月に入ったのか、いつ生まれても不思議ではなかった。

マイクじいさんは、16歳から闘犬の道に入り、今年で62年、お産には何度も立ち会ったことがある。この腹の大きさからすると、少なくとも5～6匹入っていると思い、この中でオスが何匹生まれるか、予想して楽しんでいた。

マイクじいさんは、家の外にあった檻を、知り合いに手伝ってもらって地下室に移すと、部屋から布団を運び、地下室でリンと寝起きを共にして、リンの面倒をみることにした。

ある日、マイクじいさんは、リンのうめき声で目が覚めた。すぐ傍に行き、リンの様子を見てみると、子供の頭が出てきているのに気がついた。この頭は通常の倍の大きさで、なかなか出てこられず、リンは凄く苦しんでいた。このままだとリンの体力が持つかどうか分からない。今から医者を呼びに行っても間に合わない。

焦ったマイクじいさんは、一呼吸してから、出ている頭を両手で軽く支え、慎重に少しずつ引っ張った。リンがうめき声をあげるたびに、少しずつではあったが確実に出てきていた。マイクじいさんは、「もう少しだリン、もう少しだ。頑張るんだリン」と、励まし続け、一時間くらい掛かっただろうか、肩まで出てきたと思ったら、大量の血液と共に身体も出てきた。リンは、疲れたと同時に安心したのか、目を閉じて荒い息を止め、ぐったりと横になっていた。マイクじいさんは、ぬるま湯で胎盤をきれいに取り、柔らかい布で拭いてあげた。

「それにしても、何という大きさなんだろう」

マイクじいさんは独り言を言いながら、子犬を両手に乗せ眺め驚くばかりであった。それにリンのお腹の中には、もう子が入っていないようだ。以前のリンの姿に戻っていた。

しばらくすると、リンも目を開き、落ち着きを取り戻したので、この子をリンのお腹に置き、乳を与えることにした。マイクじいさんは、長い時間2匹を見ていたが、いつの間にか寝てしまった。

数時間経って目を覚まし、いつも通りリンに餌を与えると元気よく食べてくれたので、マイクじいさんは一安心した。そしてリンのお腹で寝ている子を、そっと抱きかかえよく見ると、オスだと分かった。昨夜は慌てていたせいか、一番大事なことを忘れていた自分が、おかしくなって笑ってしまった。

しかし、この子をよく見ると、不思議なことに気がついた。大きさはもちろんだが、色は白の中毛で、胸のところに赤茶の三日月模様が入っていた。首周りの弛みも充分だし、骨格もしっかりしていた。中でも気になったのが耳であった。この子の父親のカンガルドッグは垂れ耳で、リンの耳も垂れ耳なのに、この子の耳は三角形で、もうすでにピンと立っていた。カンガルドッグ、アラバイドッグをはじめ、ピットブル、ドーベルマン、ボクサー、グレート・デーン、カナリアン——まだまだいるが、こういった犬種はもともと垂れ耳で、生後2カ月くらいの時に、わざとカットするのである。何故カットするかは犬種によって違うが、いくつかの理由があるようだ。まず見た目を凛々しく見せるため、それに垂れ耳よりカットした方が聴覚が良くなる。闘犬の場合は、垂れ耳だと相手の犬に噛まれやすくなるのでカットする。この子の耳は、血統からすると垂れ耳のはずだが、どうしてこうなったかは、マイクじいさんにもこの時は分からなかった。

ちなみに、断尾にもいくつか理由がある。牧羊犬は、牛や羊に尾を踏まれないためだが、番犬は尾で表情を分かりにくくするためだと言われている。断尾するなら、生後一週間以内に行うのである。

マイクじいさんは、この子の名前をシュウガと名付けた。気に入った子ができたら、この名を与えることに決めていた。その昔、マイクじいさんが育てた犬で、チャンピオンになった犬の名がシュウガであった。これから防御記録を伸ばす大事な時期に病気に罹り亡くなってしまった。今までこの犬を忘れられず、またいつかこの名を世に出そうと心に決めていた。

シュウガは、日に日に大きくなっていた。マイクじいさんが、生まれて一週間経ったシュウガを抱きかかえると、目が開いていた。何度よく見ても、シュウガの目の色は緑色に光っていた。気のせいだと思ったが、場所を変え明るい所でもう一度よく見ると、シュウガの瞳はきれいなエメラルドグリーンであった。マイクじいさんは、今までたくさんの犬を見てきているが、この瞳の色を持った犬は初めて出会った。

闘犬に向いているのか、少し不安になったマイクじいさんは、自分流に、シュウガが闘犬に向いているか調べることにした。

まず初めに、シュウガの首の皮膚を持って左右に振り、次は尻尾だけを持って左右に振ってみた。最後に耳だけを持って左右に振ってみたが、シュウガは鳴いて嫌がるどころか、じっと耐えていた。マイクじいさんがシュウガを闘犬として認め実感した瞬間であった。

マイクじいさんが、リンとシュウガと一緒に生活して2カ月が過ぎた頃、季節は夏から秋に移ろうとしていた。

この街の闘犬の大会は年に3回あるが、今年2回目の大会が翌日行われることになっていた。

もちろんシュウガは大会に出ることはできないが、マイクじいさんには考えがあってシュウガを連れて行くことにした。大会が始まるのは、翌日の午前9時から夕方まで掛かるが、シュウガを連れて行くのは、終わり頃が良いと思っていた。

この街の闘犬会場までは、マイクじいさんの家から近いので、シュウガを抱いて行っても苦にならない距離であった。

この闘犬場は独特で、広い原っぱに60平方メートルくらいの土地に6本の杭を打ち、この杭に縄を回し六角形のリングを作る。そして左右に専用の出入り口を設け、ここから飼い主と犬が一緒に入り、掛け声と共に試合が始まる。飼い主は、犬を放すとすぐに外に出なければならない。ちなみに、戦っている犬に声を掛けられるのは飼い主だけで、他の者は静かに観ているだけであった。

勝敗のルールは簡単で、犬に戦う意思が無いようなら負け、噛まれてキャンと鳴けば負けとなる。この二つで勝敗が決まるので、闘犬のことを知らない人でもすぐ分かるようになっていた。戦う時間は30分となっていて、この時間に勝敗がつかない場合は、観ていた人達で協議をして勝敗を決めるが、中には引き分けがあるのも珍しくなかった。


この日は天候も良く、街の闘犬好きが一堂に集まり、会場は活気に溢れ賑わっていた。

マイクじいさんは、知り合いに会う度に左手でハンチング帽を少し動かし、挨拶しながら歩いていた。すると、マイクじいさんに抱かれている犬に皆、興味があるようで、その中から友人が声を掛けてきた。

「マイクじいさん、この犬は生まれて半年が経っているようだが、どうして歩かせずに抱いているんだい。怪我でもしているのか？」

と聞いてきたので、マイクじいさんは、

「この子は生後2カ月だよ」

と答えると、友人は驚いた。

「マイクじいさん、この子を譲ってくれないか。いくら出せばいい」

マイクじいさんは「売りもんではない」と断り、今中断しているリングの中にシュウガを入れてみた。初めからこれが目的で、マイクじいさんはシュウガを連れてきていた。

犬の嗅覚は優れており、それに勘が良い、このリングの中で何が起こっているのか、分からない犬はいない。何十回も試合が終わったリングの中は、あちこちに血が飛び散りこびり付いていた。

普通の犬はこのリングの中に入ろうとしないし、無理やり入れようとすれば、尾っぽを股の間に入れて怯えてしまい、中には震え上がり小便を垂れ流す犬もいる。闘犬を知っている者なら誰でも知っていることであった。

リングの中に入ったシュウガは、尾っぽを振って飛び回り、においを嗅いでも気にせず、まるで喜んでいるように見えた。

友人達はこれを見て驚き、その中の一人が、

「マイクじいさん、この子は何処から手に入れたんだい」

と聞いてきたので、リンの子だと教えてあげた。この友人は、リンをマイクじいさんに預けた友人なので、リンのことはよく知っていた。また友人が聞いてきた。

「この子の父親は何処の犬だい」

マイクじいさんは、

「トルコ原産のカンガルドッグだ」

と答えた。すると友人もあることに気づいたのか、しばらくシュウガを眺めてから、思い出したように、

「リンの父親はマスティフだが、リンの父親の親が、日本の秋田という犬種だと聞いたことがある」

と教えてくれた。マイクじいさんはこの話を聞いて、不思議だと思っていたシュウガの耳の謎が解けたような気がした。

今でこそ、日本の闘犬と言えば土佐犬であるが、闘犬の歴史を考えるとまだ浅い。日本では、土佐犬ができる前は、秋田犬を使っていた記録も残っていた。明治・大正でいろいろな犬種をあて、昭和に入って完成したのが土佐犬であるが、世界から見れば、新しい闘犬の犬種だと思われていた。

例えば、マスティフはヨーロッパでは闘犬として2000年前から使ってきた記録も残っている。

マイクじいさんは、世界中の闘犬のことを調べ把握していたので、何故リンの血統に秋田犬が入っているのか理解し、シュウガの耳が立っているのは、秋田犬の血筋からだと分

かった。

友人は「マイクじいさん、この子はいずれ凄いチャンピオン犬になるよ。楽しみだね」と言って、その場を去っていった。

それを聞き、マイクじいさんはシュウガを抱きかかえ、機嫌良く家に帰って行った。家に帰ると、シュウガは安心した顔でマイクじいさんを見ていたが、マイクじいさんは、シュウガをリンの横に置き、夕食の支度に入った。シュウガは、まだ硬いものが食べられないので、牛肉の赤身をよく叩いて、牛乳をかけ、粉末にした魚の骨も混ぜて与えた。

マイクじいさんの一日の時間は、この親子のためだけに使っていた。

シュウガの食欲は物凄く、これを眺めて見ているだけで、マイクじいさんは幸せな気持ちになれた。

マイクじいさんは、「今日も3人で寝るか」と独り言を言って、リンとシュウガの傍に行き、眠りに就いた。


次の日も、朝早く起きてリンを散歩に連れて行き、それから2匹に餌を与えた。毎日代わり映えがなくとも、シュウガの成長が見えて楽しくて仕方なかった。

マイクじいさんは思っていた。シュウガは必ずこの街一番の闘犬になる。いや、もしかしたら世界一になれるかもしれないと、夢は毎日膨らむばかりであった。

そんな時に友人が家にやってきた。友人の顔は青く、硬い表情だったので、マイクじいさんは、「どうした、何かあったのか」と聞くと、友人は「まだ知らないのか、やっぱりな」と言った。

「マイクじいさん、戦争が始まったよ。数時間前に隣の街に爆弾がいくつも落とされ、大変な騒ぎになっているよ。明日は、この街にも落とされるかもしれない。この街の人は必要な荷物をまとめ、今日中には皆逃げて街には人はいなくなる。マイクじいさん、俺の船に乗って一緒に逃げよう。逃げてくれないか」

マイクじいさんは少し考え、

「そうはいかん。わしはここに残る」

と言って、左手を友人に差し出し、しっかり握手をして別れた。

マイクじいさんは、この友人の気持ちは嬉しかったが、この街で生まれ育ち、この家には、語りつくせぬ殆どの犬達との想い出がある。歳のせいもあるが、ここが死に場所と心に決めていた。

マイクじいさんは、しばらくその場に立ち尽くしていたが、玄関を開けて外に飛び出し、隣町の方角を見ると、大きな黒煙の雲が天に上っていた。

マイクじいさんは、いつも通り餌を作り地下室に行き、リンとシュウガの頭を撫で餌を与えた。食べ終えた2匹は、いつもと変わらずマイクじいさんに甘えてすり寄ってきた。シュウガは、マイクじいさんの髭面が好きなようで、顔ばかり舐めていた。マイクじいさんは、「シュウガのお陰で、朝起きても顔を洗う手間がはぶける」と言って、シュウガに笑ってみせた。

いつもは、シュウガを真ん中にして川の字になって寝るのだが、この日はマイクじいさんが真ん中に入って寝ることにした。灯りを消し、右腕にリン、左腕にシュウガを抱えた。2匹はいつもと違うので少しためらいを見せたが、腕の中でじっとしていた。

マイクじいさんは、目を瞑りながら、リンとの出会い、シュウガの出産、2匹との今日までの出来事を想い出し、眠ることができなかった。翌朝、早めに起きて2匹に餌を与え、彼らが食べ終えると、マイクじいさんはリンに語りかけた。

「リンよ。よく聞け」

リンは、いつもと違うマイクじいさんの様子に気が付いた。話をするマイクじいさんの目は涙で光っていた。

「リンよ。今日から一緒に暮らすことができなくなった。これからお前は、シュウガを連れてこの街を出て行け。そこから船に乗って、島が見えたら泳いで上がれ。もう一つ、人間は絶対信じるな。分かったな、リン」

マイクじいさんは同じ言葉を何度も繰り返し、リンに言い聞かせた。マイクじいさんとしては、2匹離れず、何処かの島で幸せに生きていってほしいと、心から思っていた。

リンはとても頭が良いので、マイクじいさんの話を理解できた。

マイクじいさんはリンの首輪を外し、代わりに天井からぶら下がっていた干し肉を取り、リンの首に落ちないようしっかり巻き付けると、シュウガにも同じように巻いて頭を撫でた。

マイクじいさんは、最後にリンとシュウガを強く抱きしめ、

「さあリン、シュウガを連れて海まで走れ。振り向くな、行け！」

と大きな声で叫んだ。

シュウガには、マイクじいさんの言葉や気持ちは分からないが、母親のリンが走ったのでついていった。

走っている途中に爆音が聞こえたが、2匹は気にせず、海に向かって夢中で走った。

途中シュウガが足を止めると、リンは今まで一度も見せたことのない鋭い目でシュウガを睨み付けた。その母親の迫力に押され、シュウガの足は動いた。

2匹が海辺に着いた頃には夕方になっていた。リンとシュウガは、少し休むと高台に

走っていき、そこからマイクじいさんのいる街を見ていると、大きな爆音と共に、真っ黒な煙と真っ赤な炎がそこから上がった。

リンはすべてを悟り、マイクじいさんに感謝した。

シュウガは、何故母親が泣いているのか分からないが、何故かシュウガも悲しみが込み上げ、なんとも言えない寂しい気持ちになっていた。

母の背中

リンは、まず初めに何をすれば良いのか考えていた。もう戻る家がない。まず、親子が安心して眠れる場所を早く見つけなければと思っていた。

リンはシュウガを連れて海辺を歩いていると、草むらがあったので、取り敢えずそこを住処にすることにした。２匹は一日中走り続けたので、草むらに入って横になると、すぐ眠りに就いた。

次の日、リンが朝早く目覚めると、シュウガはリンに寄り添いまだ眠っていた。

リンは、昨日聞いたマイクじいさんの言葉を何度も繰り返し思い出したが、これから先のことを考えると、心の中は不安でいっぱいになった。

マイクじいさんはもういない。母親として、シュウガを立派に育てなければならない。不安な気持ちを、シュウガに悟られてはいけない。これから母親として強くなり、シュウガを守っていかなければと考えていた。

しばらくすると、シュウガが起きてきて、「母さん、おはよう。お腹すいたよ」と言うので、リンは昨日マイクじいさんが首に巻いてくれた干し肉を、シュウガの首からかじり取り与えた。シュウガは初めて硬い食べ物を口にするので、なかなか食べることができずに苦労していた。リンはそれを見て可哀想に思い、噛んであげようとしたが、これから先のことを考えると、厳しい毎日となる。一日も早く成長させるためにも、甘やかすわけにはいかない。かえってシュウガの為にならないと思い、リンは見て見ぬ振りをしていた。早いもので、2匹の首に巻いてあった干し肉は、大事に食べたつもりでも5日できれいに終わってしまった。その干し肉を、殆どリンは食べていなかった。

今日から自身で食べ物を探さなくてはと思い、

「シュウガ、母さんは少し出かけてくるから、ここを離れず待っていなさい」

と言って、住処を後にした。

リンは、この海辺に来る途中に川があったのを思い出し、そこに行けば何かあるような気がして走って行った。

川に着くと、大きな魚が川の流れに逆らって、何十匹も上に登っていった。秋に入るとこの川に、毎年産卵のためにサーモンが戻ってくるのであった。

リンは喜んで川に入り、魚目掛けて噛みつこうと何度ジャンプしても捕まえることができなかった。リンは体力の限界もあって、諦めて岸辺に上がろうとしたその時、浅瀬で弱っていた魚を見つけると、咥えて岸に上げた。リンは生魚を食べるのは初めての経験だったが、夢中で魚にかぶり付き、1匹きれいに食べ、腹を満たすと、もう1匹弱っている魚を見つけた。リンは、これにしっかり噛み付くと、シュウガのいる住処へと急ぎ走って行った。

住処で待っていたシュウガは、初めて見る魚に驚き見ているだけであった。リンが「美味しいから早く食べなさい」と言うので、シュウガは魚に鼻を近づけにおいを嗅ぐと、生臭いにおいがしたので、後ろに下がってしまった。

それを見たリンが、「シュウガ」と一言言って、厳しい視線を投げ付けると、シュウガは生臭さを我慢して魚を食べ始めた。シュウガの歯はまだ乳歯なので、骨まで食べ終わるまで時間が掛かったが、残さずきれいに食べたシュウガを、リンは目を細め褒めてあげた。

その晩、リンは明日も川に行き魚を捕ろうと考えていた。今日は、何度やっても魚を捕ることができなかったので、どうしたら捕れるか、いろいろ考えたが良い案は浮かんでこなかった。取り敢えず、明日はシュウガも連れて行こうと決め、寝ることにした。

次の日、朝早くシュウガを起こし川に向かった。シュウガを岸辺に置いて、リンは、

「母さんをよく見ているのよ、シュウガ」

そう言って、川の中に静かにゆっくり入って行った。そして、リンは川の真ん中で止ま

り、じっとしていた。リンの前を魚が何匹か通り過ぎたが、リンは少しも動かない。シュウガは、その姿を見て不思議に思っていた。

次の瞬間、リンが飛び上がったと思ったら、魚がリンの口の中で跳ねていた。それを目の前で見たシュウガは驚き、「母さん凄い！」と、跳んで喜んでいた。

リンは、岸辺にいるシュウガの前に、咥えて持ってきた魚を置いて、

「さあ、シュウガ。食べなさい」

と言って、また静かに川の真ん中まで入って行った。リンは、捕るコツを覚えたのか、飛び上がると必ず魚を咥えていた。

この日は、日が暮れるまで川で遊び、腹を満たし住処に戻っていった。

住処で一休みしていると、

「母さん、ここでずうっと暮らそうよ」

とシュウガが言ってきたが、リンは頷いただけで返事はしなかった。リンは、マイクじいさんの言葉を忘れてはいなかった。ここにいつまでも居るわけにはいかない。早く船に乗って島を見つけなければと思うのであった。

次の日も親子で川に行ってみると、昨日より魚が少なくなっているのに気がついた。どうしてこんなに少なくなったのか、リンには分からなかったが、この日食べる分は捕って、

シュウガと一緒に食べて住処に戻った。

シュウガが眠ると、リンはこれから先のことを考え、心の中にいる不安と戦っていた。寝ているシュウガの顔を見ていると、リンは負けずに乗り越えていかなければいけないと強く思うのであった。

リンは、目覚めると「母さんはすぐ戻るから、ここで待っていなさい」とシュウガに言い聞かせ、住処を後にした。リンは、川に行き、岸辺を下から上に沿って魚を探したが、一匹も見当たらなかった。サーモンの産卵時期が短いことを、リンは知る由もなかった。

リンは、諦めて住処に戻りシュウガに話した。

「川に行ってきたけど、魚は一匹もいなかったの。母さんが明日何か食べ物を探してくるから、今日は我慢するのよ」

シュウガは頷いて、リンの話を黙って聞いていた。

その夜、シュウガは腹が空いているせいか、なかなか眠りに就くことができないでいると、リンが話し始めた。

「シュウガ、マイクじいさんとは、もう二度と会えないのよ。これから先どうなるか、母さんにも分からないけど、母さんがシュウガのことは、必ず守るから心配しなくていいの。さあ、シュウガ、寝なさい」

と、リンは優しく声を掛け、シュウガを抱き寄せた。シュウガは、リンの胸のぬくもりに触れ眠ることができたのであった。

リンは、朝日と共に目が覚めると、鳥の鳴き声を聞いたような気がした。神経を耳に集中すると、確かに何処かで鳥が鳴いていた。リンは、鳴き声を頼りにゆっくり歩き始めた。すると、また鳥の鳴き声が耳に入ってきた。間違いなく近くに鳥がいると思ったリンは、歩くのをやめ、身体を伏せ、動かずじっとしていた。

そして、しばらくすると、リンの近くに鳥が現れた。リンは、伏せをした状態で足をゆっくり動かしながら、距離を少しずつ詰め、一気に鳥目掛けて襲い掛かった。鳥は、気が付き飛び立ったが、リンの脚力は物凄く、一瞬で飛び上がり、鳥を見事に咥えた。

そしてリンが鳥を咥え後ろを振り返ってみると、遠くでこれをシュウガが見ていた。シュウガは、走ってリンの傍に来ると、「母さん、凄いジャンプだったよ。ぼくにも教えて」と言ってきた。リンは笑みを浮かべ、鳥を咥えて住処に戻った。

鳥の羽をきれいに毟り取ると、シュウガに与えた。シュウガは「魚より鳥の方が美味しいよ、母さん」と言って、夢中で残さずきれいに食べた。

そしてリンに、「母さん、明日はぼくが捕って、母さんに食べさせるよ」と言って、シュウガはジャンプしてみせた。まだこの子には無理だと分かっているが、この優しい気持ちがリンは嬉しかった。

リンは、シュウガに住処で待つように言うと、さっき鳥を捕った場所に行き、鳥は何処から来たのか考えていた。リンは、微かに残っていた鳥のにおいを嗅ぎ取り、辿っていくと、林の中まで続いていた。一旦立ち止まって耳を澄ますと、リンは驚いた。鳥の鳴き声からすると、この林の中には、数多くの鳥がいることが分かった。リンは、当分の間、餌を心配しなくていいと思うと、安心して住処に戻った。

すると、シュウガは住処から見える海の浅瀬で、泳いだりジャンプの練習をしたりして遊んでいた。それをリンは目を細め眺めていた。

ここにいれば飢える心配はないが、遠くから爆音が一日に何回も聞こえてきた。マイクじいさんが言っていたように、一日も早く何処かの島に行かなければと思うのであった。

それから幾日か過ぎた夜中のことだった。リンは、風の音で目が覚め、何気なく海を見ると、小さな灯りがこちらに向かって揺れていた。近づいてくる灯りをじっと見ていると、船だと気付いた。リンは、シュウガに黙って、この灯りを追うことにした。

すると、住処から3キロくらい離れた岸に船が止まったのを確認し、リンは少し離れた場所から様子を窺うことにした。船はそれほど大きくなく、人間が7～8人出入りをしていた。

リンは急ぎ住処に戻り、どうしたら良いか考えていたが、心を決めてシュウガを起こした。リンの表情は厳しく、

「シュウガ、起きなさい。この住処を捨て、これから船に乗るのよ。母さんの言うとおりにして」

シュウガは眠そうな顔をしていたが、「分かった」と言って、しっかり頷いた。そこからリンの後ろに遅れないよう走ってついて行った。船が止まっている場所に着くと、

「シュウガ、ここにいなさい」と言って、リンは船の周りに人間の気配が無いか確認すると、シュウガに合図し、2匹で船の中に入って行った。

この船の中には、木箱がたくさん積まれていたが、木箱の奥の方へ行くと、リンとシュウガが横になれる広さがあった。ここでリンは、しばらく様子を見ようと思い、シュウガに、餌も水も我慢しなければならないことを説明して聞かせた。シュウガは驚いたが、

「ぼくなら大丈夫だよ」と言って、力強く頷いた。

親子が身を寄せ半日が経った頃、船のエンジン音が響いた。リンは、これから船は海に出ると思ったが、問題の島は何処にあるのか、何処まで行ったら海に入って泳いだらいい

のか、不安な気持ちでいっぱいだった。

船が出てから3日が過ぎた。２匹は飲まず食わずで過ごしていた。シュウガは、何も言わずにいたが、かえってそれがリンにとっていじらしく可哀想に思え、胸が張り裂けるほど苦しかった。

その夜、リンは動いた。

「シュウガ、母さんが戻るまで静かに待っているのよ」

と言って、リンは木箱をすり抜け外に出て行った。リンがデッキを歩いていると、下の方から何人もの人間の声が聞こえてきた。マイクじいさんとは違う発音なので、何処かの国の人間だとすぐに理解した。リンは、何処かに水か食べ物は無いか、鼻に神経を集中して探し回ったが、見つけることができずにいた。

すると、階段から上に登ってくる足音が聞こえてきたので、リンは身を引いて隠れようとしたが、人間が手に持っていた懐中電灯の灯りの方が、早くリンをとらえた。リンも人も一瞬足が止まり、互いに目が合ってしまった。リンには敵意は無いが、この人間は驚いたのか、一歩下がって、階段の方向に向かって大きな声で叫んだ。

「皆来てくれ。大きな犬がいるぞ。早く来てくれ！」

その隙に、リンは素早くシュウガのところに戻った。

慌てているリンを見て「母さん、どうしたの」とシュウガが聞くと、リンは「シュウガ、ここから逃げるの。母さんから絶対離れないで」と言って、2匹はデッキに飛び出した。

向こうの方でリンを見た人間が、「確かに大きな赤犬を見た」と仲間に説明していた。

犬を食べる国は世界でも多いが、主に東南アジアでは、昔から有名だった。犬の中でも赤犬が一番美味しいと言われていた。この船に乗っている人間が何処の国の人間だか分からないが、今では戦争が勃発し食べ物にも困っている有様、犬の肉を欲しがる人間がいてもおかしくないことであった。

この船は逃げ場が無いほど小さな船で、見つかるのも時間の問題だと思ったリンは、腹を決め、身構えていつでも攻撃できるよう体勢を整えた。リンは、人間に危害を与える気は無いが、シュウガにもしもの事があった時のために取った行動であった。

その時、デッキの明かりが一斉に付いた。まるで昼間のようであった。6～7人の男達がリンとシュウガを囲むように追ってきた。

その中の真ん中の1人が、手に黒く光ったものを持っていた。その男が「これは美味そうな赤犬だ。白もいるが、赤犬は絶対逃がすな」と他の者に言っていた。リンは、この男達の殺気を知った以上、捕まれば殺されると思った。

リンは、シュウガの目を見ただけで何も言わなかったが、シュウガは一瞬で理解した。リンは一言、「シュウガ！」と叫んで海に飛び込んだ。シュウガもリンの声と共にジャンプして、海に飛び込んだのであった。

すると、手に黒く光ったものを持っていた男は、船の上から海に向かって、立て続けにパンパンパンと3発撃ってきたが、リンとシュウガの身体は暗闇に消え、船の上からは何も見えなかった。

リンは、海に飛び込むと、すぐシュウガの傍に行き声を掛けた。

「シュウガ、諦めないで泳ぎ続けるのよ。母さんから絶対離れないで」

「ぼくなら大丈夫だよ、母さん」

と返事が返ってきたので、リンは少し安心したが、秋の海は思っていた以上に冷たく感じられた。

リンとシュウガは東に向かって泳いでいたが、朝日が昇り、目の前がはっきり見える頃には、2匹の体力は限界に達していた。

そんな時だった。2匹が泳いでいる近くに、流木が浮いていた。

リンはそれに気付き、シュウガを励まし声を掛け続け、やっとの思いで流木にたどり着いた。リンは、流木が動かないように両腕と爪でがっちり押さえ、シュウガに「早く上がりなさい」と言ったが、シュウガはなかなか上がることができなかった。リンは、最後の力を振り絞り、首で力いっぱい押し上げた。シュウガが流木の上に上りきると、リンは流木から離れないように両腕でしっかり押さえていた。シュウガは、

「母さん、早く上がってよ。ぼくが上から引っ張るから大丈夫だよ」

と言ったが、リンには上がる力など少しも残っていなかった。

「いいのよ。母さんのことは心配しないで。それより、母さんのせいでシュウガにこんな苦労をさせてしまい、ごめんなさい」

シュウガは、この時初めて血のにおいがするのに気が付いた。

「母さん、もしかして怪我をしているの？」

シュウガは心配して聞いたが、リンはこれに答えることはしなかった。

船の上から3発撃ってきたときに、1発がリンの腰に当たっていた。リンは、マイクじいさんの最後の言葉、「人間を絶対信じるな」——この意味がやっと分かったような気がした。

「シュウガ、母さんと約束して。必ず生き延びるのよ」

言い終わると同時に、流木にしがみ付いていた両腕がゆっくり外れ、リンは海の中に消えていった。

シュウガはこれを見て「母さん！」と大きな声で叫び、そのままショックで気を失ってしまった。

友達

海は朝焼けに染まり、波はオレンジ色に輝いていた。砂浜は白く長く続き、ところどころに大きな岩があった。その砂浜を、寂しそうに子供が1匹で南に向かって歩いていた。その子がしばらく歩いていると、波打ち際の浅瀬に流木があるのに気が付いた。

傍に行ってみると、流木の横に、犬だか狼だか分からない身体を見つけた。首から頭は外に出ていて、身体は海水の中にあった。その子は、少しの間見ていたが、生きているか死んでいるか気になって、恐る恐る顔を近づけ調べると、まだ息があった。するとその子は、首を咥え海水から身体を引っ張り上げた。体長は大きいが、骨と皮ばかりなので意外と軽かった。そしてよく見ると、狼ではなく犬だと気づいた。

その子は、好奇心からこの死にそうな犬を助けたいと思い、まず初めに水を飲ませようと考えた。その子は、近くに小川があることを知っていたので、そこに急いで走って行った。

小川に着いたが、この水をどうやって持って行ったら良いのか考えた。その子が思い付いたのは、まず自身の口の中に水を入れ、そのまま走って戻り、犬の口の中に入れてあげることだった。しかし、いざ犬の口の中に入れようとしても、口が閉じているので上手くいかなかった。2度目は、自身の前脚を使って、犬の口を開き飲ませることができた。これを何度も何度も繰り返した。

何度か繰り返しているうちに、その子には、一つ分かったことがあった。この犬の歯が乳歯であることを。体長は大きいが、まだ子犬だと思った。

水は結構飲ませたが、犬は目を覚ますどころか、死んだようにピクリともしない。前脚で犬の身体をしばらく揺すっていたら、犬は小さな声を漏らした。それから、その子がまた揺すり始めると、犬の目が少し開いたように見えた。その子は、もしかして助かるかもしれないと思い、嬉しい気持ちになっていた。

取り敢えず、犬が目を覚ますのを待つことにした。その間、犬をよく観察すると、毛の色は汚れていたけれど白色で、胸に赤茶の模様が入っていた。首には弛みがあり、変わった顔をした犬だと思った。その変わった顔を近くで眺めていると、突然目が開いたので、その子は驚き、一瞬後ろに下がったが、興味があるのか、また犬の顔を覗き込んだ。よく犬の顔を見てみると、瞳の色はグリーンに輝いていた。

その子が犬に話しかけようとしたら、「ぼくの母さん、何処にいるの?」と聞いてきたので、その子は「あなたしかいない」と答えると、また目を閉じてしまった。

それから、その子は、この場所にいると海水が増えてくるのでまずいと思い、上にある大きな岩陰に少しだけ穴を掘り、まだ意識を失っている犬の首を咥えて、そこに移して何処かに行ってしまった。

しばらく経って犬は目覚め、意識はあるものの、身体にまったく力が入らず、立つこともできずにいた。頭の中で、いつどうしてここに来たのか、母さんは何処に行ったのか、この身体は動くようになるのか、これから先どうなるのか、様々なことを考えても答えは見つからず、いっそここで死んだ方が良いとさえ思っていた。

そんなことを考えていた時、遠くの方から元気な声が近づいてきた。

「気が付いたの、良かった。お腹空いていると思って持ってきたの」

その子をよく見ると鳥を咥えていた。それを近くに持ってきて、羽をきれいに毟り取り、その鳥を前に置いてくれたが、犬にはそれに噛み付く力はなかった。その子は、それが分かったのか、鳥を少し噛んで肉をちぎり、口元まで持ってきてくれた。それをゆっくり噛んで飲み込み、何度も繰り返すと最後は骨だけが残ったが、それはその子がきれいに食べた。食べ終わって一息付くと、その子が尋ねてきた。

「あなた、名前はあるの？　あったら教えて」

と言うので、

「ぼくの名前はシュウガ」

と答えた。すると、

「あなたは、何処から来たの？　1匹で来たの？　何しにこの島に来たの？　歳はいくつ？」

といろいろ質問してくるので、シュウガはどう答えれば良いのか分からなくなってしまい、黙っていると、

「あなた、私の声聞こえているの？　言葉が分からないの？」

と次々に聞いてくるのであった。

「もう一度言うけど、ぼくの名前はシュウガ。あなたの名前を教えて」

「お父様もお母様も、私のこと、ユウと呼んでいるわ」

次はユウが聞く番だった。

「あなた、シュウガは何処から来たの？」

そう聞かれても、どう説明していいのか、シュウガにも分からなかった。ユウが不思議な顔をして、

「シュウガ、あなた頭おかしいの？　それとも覚えていないの？」

といくつも言葉が返ってきた。こんな会話をしていると、時間が経つのは早いもので、夕陽が浜辺を染めていた。すると、ユウは慌てて、

「シュウガ、ユウは帰る。また明日来てあげるから、いい子にしているのよ」

と言って、走って行ってしまった。その後ろ姿を、シュウガは黙って見ていた。

シュウガは、今日の出来事が夢のように感じ、頭の中でいろいろ思い浮かべ考えていた。ユウは、また明日、本当に来るだろうか。以前母さんから聞いたことがあった。犬種には、小型、中型、大型とあり、大中小合わせると何百種類もの犬がいるが、その掛け方次第で何千何万種の犬ができると言っていた。ユウの毛色は白で、首の周りがフサフサしていた。目の色は、蒼く海のように透き通っていて、顔は長めで耳は立っていた。ユウは何犬だか考えたが、結局シュウガには分からなかった。それにユウの歳も気になっていた。昼間、ユウが鳥の羽を毟り取っていたとき、歯が見えた。その歯は、確かに乳歯だった。でも、ユウは鳥を捕ることができるのだから、ぼくより歳が上なのかな。この晩は、ユウのことばかり考えていたが、いつの間にか眠っていた。

次の日の朝、物音で目が覚めると、ユウが、シュウガの傍で鳥の羽を毟っていた。シュウガが起きたのが分かると、ユウは「おはよう」と声を掛けてきたので、シュウガも「おはよう」と返した。シュウガは、身体に力を入れても、まだ立ち上がることはできなかっ

たが、手足は少し動くようになっていた。ユウはそれに気づき、

「腕が使えるなら、鳥を食べられるでしょう」

と言ってシュウガの前に置き、ユウは、水を取りに走って行った。


こうして毎日、ユウが食べ物と水をシュウガに与えたお陰で、5日目にはシュウガの体力も回復し、立って歩くことができるようになった。

また次の朝、ユウは口に鳥を咥えてきてシュウガの前に置き、

「もう自分で羽を毟って食べられるでしょう」

と言って、ユウはシュウガの傍に座って見ていた。シュウガは、いつまでも甘えていてはいけないと思い、鳥を食べてから、ユウと一緒に小川に行き、腹いっぱいに水を飲んだ。

そして、ユウは必ず夕方になると帰っていった。

ユウのお陰でシュウガの身体は回復したが、母さんはもういない。自身が強くなり、生きていかなければと思うのであった。

また次の日も、口に鳥を咥えユウがやってきた。シュウガは、食べ終わるとユウに礼を言って、2匹で砂浜を走った。すると走りながらシュウガが、

「ユウ、鳥は何処にいるの。ぼくが捕ってあげるよ」

ユウは、「ありがとう」と言ったが、内心、子供のシュウガでは、鳥を捕るのは無理だと思っていた。シュウガも自信はないが、ユウに少しでも恩を返したい気持ちから出た言葉であった。

ユウが案内して森に着くと、早くも1羽、キジ科の鳥を見つけることができた。

シュウガは、以前母さんが鳥を捕った時のことを思い出し、1羽の鳥に狙いを定めると、足音を立てずに、身体を伏せ、手足を少しずつ前に進め、隙を見て一気に飛び掛かり、見事に鳥を咥えたのであった。それを離れて見ていたユウは驚いた。シュウガはそれをユウにあげると、同じ方法でもう1羽捕り、ユウと一緒に食べたのであった。ユウは食べながら、

「凄いねシュウガ、何処で捕り方を覚えたの？」

「今日が初めてだよ。母さんの捕り方を思い出してやったら捕れたんだ」

するとユウが、

「私、あまり鳥が好きではないの、野ウサギが大好きなの。明日は野ウサギがいる場所に連れて行くから捕ってね」

と言ったので、シュウガは「分かった」と返事をした。

いつも夕方になるとユウは帰って行った。ユウがいなくなると、シュウガは急に寂しくなり、気を紛らわすために砂浜を走ったりジャンプしたりして、疲れ果てるまで続け、それから眠りに就いた。

また次の日ユウが来たが、口には鳥を咥えていなかった。ユウは、

「シュウガ、おはよう。これからすぐ行くよ。野ウサギがいる場所は、ここから少し遠いから」

と言うので、2匹は一緒に走って行った。一時間ぐらい走った頃、ユウが止まって、

「シュウガ、ここには2種のウサギがいるの。大ウサギは10キロくらいで、小さいウサギは3キロくらいかな。どちらも美味しいけど、2匹で食べるには、小さなウサギだと足りないかも。大ウサギなら1羽で充分だわ」

と言ってその場に座った。

シュウガは辺りを見渡すと、広い草原で、何処にウサギがいるのか検討もつかなかった。するとユウが、口を挟んだ。

「ウサギを捕るのは、目ではなく耳で感じ取るんだと、お父様に聞いたことがあるわ」

このことをシュウガに教えると、シュウガはゆっくり草の中に入っていった。耳に神経

を集中すると、確かにあちらこちらから気配を感じた。そして、その気配が近くに来た時、シュウガは急ぎ追ったが、すぐに見失ってしまった。するとまた気配を感じたので追いかけたが、これまた見失ってしまった。

ウサギは物凄く敏速なので、気配を感じてから追っても捕ることはできないと思ったシュウガは、気配を感じたその一瞬で決めなければと考えていた。

ユウは遠くでシュウガの様子を見ていたが、やっぱり野ウサギを捕るのは無理だと諦めた。

「シュウガ、ウサギを捕るのはやめて、鳥を捕りに行こうよ」

その時だった。シュウガの姿は見えず、草だけが激しく揺れていた。すると、シュウガの声が草原に響き渡った。

「ユウ来て、ウサギって、これかな」

声を聞いたユウは、急いでシュウガの傍に行ってみると、シュウガは前脚でウサギが逃げないように、しっかり押さえ込んでいた。ユウは驚いた。シュウガが押さえ込んでいたのは、大ウサギだった。大ウサギは小さなウサギより敏速で、狩りに慣れていても捕るのは難しい。このことを、ユウは聞いて知っていた。

「そうよ。シュウガ、これが大ウサギよ。よく捕れたわね」

と言ってユウは喜んでいた。ユウは、シュウガにウサギの食べ方を教えて、仲良く2匹で食べたのであった。帰りは腹がいっぱいで、走ることができず歩いて砂浜に戻ることにした。

今日の狩りで、2匹の距離は一層近くなったと互いに感じていた。砂浜に2匹は座り、一息つくと、ユウが話し始めた。

「シュウガ、あなたは何処から来て、どうしてこの島に来たの？」

シュウガは素直に真実を話した。

「ぼくは人間のマイクじいさんの家に生まれて、2カ月半くらい一緒にいたんだ。とてもいい人で、ぼくと母さんを大事にしてくれたよ。水や餌も時間になると持ってきてくれて、毎日何度も遊んでくれたんだ。マイクじいさんと、母さんと、毎日一緒に寝ていたよ。ぼくは、マイクじいさんの髭が大好きだった。マイクじいさんの優しさ、匂い、顔、手の温もり、今でもはっきり覚えているよ」

ユウは、シュウガの話を聞いて頷きはしても、話の内容は全く分からなかった。この島は無人島なので、人間を見たことも聞いたこともなかったからである。シュウガは話を続けた。

「それから、ぼくには分からないけど、マイクじいさんと別れ、母さんと2匹だけで暮らすことになったんだ。母さんは、魚や鳥を捕って、ぼくに食べさせてくれたよ。それから人間の船に母さんと乗り込んだんだ。3日くらい隠れていたけど、その間食べる物も水も無かったので、母さんが食べ物を探しに行ったら、人間に見つかってしまった。そこで母さんとぼくは、海に飛び込んで逃げたんだよ」

――この時、人間が撃った3発のうち1発がリンの腰に当たり、それが致命傷だったが、リンは撃たれたことを最期までシュウガに言わなかった。リンもまた、マイクじいさんのことが大好きで、親だと思い慕っていた。人間に撃たれたことを話せば、シュウガは人間を嫌いになってしまう。そうなれば、マイクじいさんとの良い想い出までもが消えてしまうと考え、リンは撃たれたことを言わずにいたのであった。

「それから朝まで母さんと泳いでいたら、浮いていた流木を母さんが見つけて、ぼくを乗せてくれたんだ。ぼくは、母さんも一緒に乗ってほしかった……」

シュウガは、ここまで話すと声が詰まり、何も話せなくなってしまった。そして立ち上がり、海際までゆっくり歩いていくと、流木の前で止まって、それをじっと眺めていた。ユウもシュウガに付いていき、流木を見てみると、その横に深い爪跡がはっきり残っていた。

これを見たユウは、シュウガの話は正直分からなかったが、シュウガの母さんが命と引き換えに彼を守ったことは理解できた。

2匹は流木の前に座り、話を続けようとしたとき、夕陽が沈みかけているのにシュウガが気付き「ユウ、帰らなくていいの?」と聞くと、「今日は、まだ大丈夫なの」と答えた。そしてユウは、真剣に言った。

「シュウガ、これから私の言うことをよく聞いて。あなたはこの島のことを知らないと思うから教えるけど、秋も深まり、日に日に寒くなっているのは、シュウガにも分かるでしょう。はっきり言って、ここで寝起きするのは、もう無理よ。それにそのうちに雪が降ってくるの。雪は白くて冷たいの。この雪が降ると、鳥もウサギも捕るのは難しいわ。ここにいたら食べることもできないの。シュウガ、明日起きたら、ここから上の道に出て、東に向かって歩いて行って。20キロくらい行くと、シュウガと同じ犬がたくさんいるはずよ。そして、ここには絶対来ないと約束してほしいの」

シュウガは立ち上がり理由を聞こうと思ったが、ユウの悲しそうな顔を見ていると聞けずに、

「分かった。ここには二度と来ないよ。約束する」

と返事をした。それからユウは、

「私もここには、もう来ない」

と小さな声で言ったのだった。シュウガは、急に寂しくなり、ユウに何を言ったらいいのかわからず黙っていると、時間ばかりが経っていった。ユウが立ち上がり帰ろうとしたその時、

「ユウ、ぼくの命を助けてくれてありがとう。一生忘れないよ」

シュウガの頭の中ではまだ言いたいことはあるが、上手く言葉が出てこなかった。

「シュウガ、その言葉忘れないでね。またいつか会いましょう」

とユウは言って、ゆっくり歩き始めた。ユウの白い後ろ姿は、少しずつ暗闇に消えていった。シュウガは、その晩走る元気もなく、ただユウのことだけを考えていた。

島の謎

シュウガは、目を覚ますと流木に別れを告げ、海辺の道を東に向かってゆっくり歩き始めた。途中何度も振り返ったが、ユウの姿は何処にもなかった。

2時間くらい歩いていたら、ふと鳥の鳴き声が聞こえてきた。シュウガは、腹が減っていることを思い出し、この鳥の鳴き声を頼りにゆっくり近づいていった。すると鳥の姿が目に入ってきたので、身体を伏せ慎重に近づき、一瞬で鳥を咥えた。

その時、遠くの方から声が聞こえてきたので、その声の方向に振り返ってみると、細くはあるが大きな身体が静かに近寄ってきた。シュウガは、目と目が合うと、咥えていた鳥を下に置き、もしかしたらこの鳥が目当てだと思い、身構えた。そして、じっとその大きな身体の動きを探っていると、向こうから、

「おい小僧、この島の犬ではあるまい。何処から来た。何故ここに居る。答えぬか」

と言ってきた。シュウガは警戒しながら、

「ここから南に歩いて2時間くらい掛かる浜辺から来た」

と本当のことを答えた。

シュウガは、その間、相手を観察して同じ犬だと分かったが、大分歳を重ねているように見えた。体高は90センチ以上あるようだが、少し背中は丸くなっており、身体の骨格はしっかりしているが、アバラ骨がはっきり分かるほど痩せていた。シュウガは相手が老犬だと気づいた。だったら、この老犬も腹が減っているのだと思い、「この鳥を食べてもいいよ」と言うと、老犬は不思議そうな顔をして、「そうか」と言ってシュウガをくまなく見ていた。

初めは厳しい表情であったが、少し経つと老犬の顔が優しい顔に変わっていた。シュウガは、やっぱりこの老犬も腹が減っていたのか、と思って笑ってしまった。すると、老犬がその場に座り込んで、

「おい小僧、傍に来い」

と言うので、シュウガが老犬の傍に座ると、老犬が、

「小僧、この鳥は、わしの鳥だ」

と言い出した。シュウガは、

「この鳥は、ぼくが捕ったからぼくの鳥だ」

と言ったが、老犬は、諭すように言った。

「違う。よく聞け。小僧は知らんようだから教えるが、ここから左に見える大きな岩から、右に見えるあの岩までが、わしの縄張りだ。その中にいる、鳥、ウサギ、鹿、猪、猿――生き物全部、わしのものだ」

シュウガには、この老犬が何を言っているのか、全く理解ができなかった。

「小僧、今回は知らなかったようなので許してやるが、ここで狩りをするには、わしの許可が必要なことを覚えておけ。分かったか」

シュウガは、よく分からなかったけれど、頷いてみせた。

「ところで小僧、お前はどうして南の海辺にいた。この島の犬ではあるまい。いったい何処からどうやってこの島に来たのだ」

シュウガは、この老犬もユウと同じことを聞くので、ふとまた彼女を思い出しながら、簡単に説明した。

「ぼくは、人間の家に生まれ生活していたけど、母さんと家を出て、船に乗ったんだ。だけど、途中その船から母さんと海に飛び込んで、気が付いたらあの浜辺にいたんだよ」

老犬は人間に興味があるのか、「人間のことをもっと詳しく話せ」と言うので、マイクじいさんとの想い出を簡単に話した。老犬は「そうか」と一言言って、胸元に置いてある鳥を、シュウガに羽を毟るよう命じた。シュウガは老犬に従って、裸にした鳥を老犬の前に置くと、老犬は鳥の胸肉だけ一口食べて、残りはシュウガに食べさせた。

「小僧、お前は何処に行くつもりだったのだ」

老犬が聞いてきたので、

「東に歩いて行けば、犬がたくさんいると聞いたから、そこに行く途中だった」

と答えると、老犬は「そうか」と言ってから、「東に犬がいることをどうして知った」

と聞くので、

「浜辺で意識を失っていたぼくを助けてくれたユウから聞いたんだ」

老犬はまた「そうか」と言ってから、「そのユウとは？」と尋ねた。シュウガは、知っていることを老犬に話した。

「歳はたぶんぼくと同じくらいで、とても毛並みがきれいで色は白、首の周りがフサフサしていて、目の色は蒼く透き通っていたよ。とても可愛い子だったよ。ぼくが動けず寝ていると、ユウが水や食べ物を毎日持ってきてくれたんだ。ユウには感謝しているよ」

と言うと、老犬がまた「そうか」と言って、「小僧、お前名前はあるのか？」と聞いてきたので「ぼくの名前はシュウガ」と答えた。「あなたの名前は？」と尋ねるとまた「そうか」としか言わなかった。老犬は、しばらく何か考えていたように見えた。

するとと突然立ち上がり、「小僧、ついてこい」と言って歩き始めた。シュウガは、老犬の後ろについてしばらく歩いたが、ユウから聞いた方向と違うことに気が付いた。そのことを老犬に話すと「そうか」とだけ返事が返ってきた。

草原から森の中を抜けると、目の前に絶壁の切り立った山が見えた。道幅は上に登っていくほど狭くなり、足場も悪く石と岩ばかりであった。そんな坂道を行き止まりまで登っていくと、少し広めの平坦な場所に着いた。老犬は疲れたのか、その真ん中に座り込み黙っていた。

シュウガは辺りを見渡し、その景色の良さに驚いた。そこから見た遠くの海は、光に反射して波が輝いていた。着いた岩山をよく見ると、一部穴が開いていて、その近くに岩と岩の間から水が流れていた。シュウガはその水を飲み喉を潤し、老犬の傍に座った。老犬は、またゆっくり話し始めた。

「シュウガ、お前はこの島のことを何も知らんようだから教えるが、この島で生きていくには大事なことだから、一回で覚えろ」

シュウガはしっかり頷くと、それを見て老犬がまた話し始めた。

「この島は、一つの島だが三つに分かれている。この山から見える東側の森や草原、砂浜まで犬の縄張りだが、この山の右側から南の海まで狼の縄張りである。それから東の海沿い辺りが猫の縄張りとなっている」

シュウガは、また老犬が何を言っているのか、まったく分からないが、老犬の話を聞いていた。

「今から20年前の話になるが、ある金持ちの人間が、世界中の血統の良い種類の犬と猫を雌雄つがいにして船に乗せた。そして、何処かの国に運ぶ途中に、この島の近くで台風に遭遇した。人間は自身の命を守るために、荷物と一緒に犬も猫も、海に檻ごと投げ込もうとした。幸い人間の中にも心ある者がいて、投げ込む前に檻の鍵を外してくれたそうだ。それで、犬も猫も必死に泳いで、この島の南の砂浜に上がることができたが、中には、この島に辿り着くことができずに、海の中に消えていった犬と猫もいたと聞いている」

シュウガは、海の中に消えたと聞いて、ふと母さんのことを思い出し、悲しみが込み上げてきた。老犬はシュウガの顔を少し見て、また話し始めた。

「生き残った犬が41匹、猫が29匹と聞いているが、正確かどうか分からない。生き残ったのは、ボクサー、コリー、ダルメシアン、ラブラドール、ポインター、セッター、シェパード、ドーベルマン、ロットワイラー、ブルドッグ、ピットブル、ボストンテリア、ビーグル、セント・バーナード、グレート・デーン、アラバイ、マスティフ、チワワ、シーズー、マルチーズ、プードル、ボルゾイ、シベリアンハスキー、アフガン・ハウンド、シャー・ペイ、秋田犬、紀州犬、レオンベルガー、カンガル――昔聞いた話だから詳しく覚えておらんが、この犬種がこの島に辿り着いた犬だと聞いている」

シュウガはカンガルと聞いて、「父さんと同じ犬種だ。秋田の血もマスティフの血もぼくの中に入っている」と口に出さず、頭の中でいろいろ考えていた。老犬は話し続けていた。

「生き残った猫は、アメリカンショートヘア、ラグドール、マンチカン、ロシアンブルー、ペルシャ、ベンガル、ソマリ、ボンベイ、ミケ、サイベリアン、メインクーン、アビシニアン、バーマン、エキゾチック、ヒマラヤン、エジプシャン・マウ、スフィンクス、ノルウェイジャンフォレストキャットだと思うが、雄が何匹、雌が何匹、生き残ったか、詳しいことは分からん」

そう言うと、老犬は立ち上がり、岩の間から流れ落ちる水を飲みに行った。喉を潤し戻ってくると、また話し始めた。

◇◇◇

砂浜に辿り着いた犬と猫は疲れ果て、横になって休んでいると、いつの間にか何百という数の狼に囲まれていた。その中から白い大きな身体をした、ボスらしき狼が数歩前に出ると、「お前らは、この島に何しに来た。すぐ島から出て行け、出て行かぬなら皆殺す」と言ってきた。このボスの言葉が終わると同時に、何百という狼が一斉に身構え、いつでも犬猫を襲える体勢を整えた。後ろは海、逃げる場所は何処にもない。犬と猫は、皆どうしたらいいのか考えていた。

その時、猫の中から大声で、

「もう戻る場所はない。あいつらと戦うしか生きる道はない」

と切り出した。しかし、このまま戦えば、間違いなく皆殺されてしまう。

その時、犬の中から一匹の大型犬が前に出て、「俺の名はリックだ」と狼のボスに名乗りをあげた。リックは狼のボスに向かって、

「犬の中から7匹、狼の中から7匹を選んで戦い、犬が勝ったらこの島に置いてほしい」

と、ボス狼に交渉した。

狼のボスは少し考えたが、「それは面白い。分かった」と返事をした。

このリックの犬種はカンガルドッグで、船に乗せられる前まで、現役の牧羊犬として羊や山羊を狼から守っていた。

トルコ地方の狼は中型なので、一対一ならカンガルの方に分があるが、この島の狼は全て大型であった。体高は80センチ以上で、体重は80キロから100キロくらいは普通だが、ボス狼は一段と大きく見えた。

カンガルドッグのリックは、狼の強さはよく知っていた。皆で戦っても勝ち目はないが、

7対7なら犬にも分があると考えた。

狼のボスに、リックは「戦う犬を決めたいので、少し時間がほしい」と言うと、狼のボスは承知したので、犬の中に戻り「狼と戦いたい犬はいるか」と聞くと、殆どの犬が戦うと答えた。

リックは、小型犬、中型犬ではあの狼らに勝つことは無理だと思って、自身を入れて大型犬6匹を選ぶことにした。

まず一番に選ばれたのは、マスティフのオット、次がアラバイのグイシー、セント・バーナードのサンザー、グレート・デーンのハパロー、秋田犬のゴロー、ここまではすぐ決まったが、最後の一匹がなかなか決まらずにいた。

その時、ピットブルのベンが「俺も戦いたいから仲間に入れてくれ」とリックに言ってきたが、リックは、中型犬ではあの狼らに勝つことはできないと考えていた。

そこでリックは、ロットワイラーのロンに出るように話したが、ロンは脚に怪我をしていた。ドーベルマンのヤクは、まだ体力が回復せず横になっていた。

するとまたベンが、「リック、俺を出してくれ」と言ってきた。そこにアラバイのグイシーが、「リック、時間がない。そこまで言っているんだから、ベンを出したらどうだ」と言った。

リックの頭の中には不安があったが、他に候補が見当たらないので承知した。こうして7匹が決まったそうだ。

砂浜で左右――左側が犬猫、右側が狼に分かれ、お互い7匹が一歩前に出た。

すると、狼のボス・ロルフは、近くにある大きな岩に一瞬で飛び上がり、「これから一対一で戦い、生き残った数の多い方を勝ちとする」と宣言した。

リックは、まず初めにどの犬種を狼にあてるか考えていたら、狼が前に一歩出たと同時に、ピットブルのベンが飛び出した。互いにジャンプして3度目で、ベンの牙が狼の首を捉えた。

その早業に、観ていた皆が驚いた。そして、中型の個体が大型の個体をがっちり押さえ込んでいた。ベンは首を左右に力強く振って、狼が攻撃できないようにしていた。観ていた犬と猫がベンの勝ちだと思った瞬間、下になっていた狼が、苦し紛れにベンの右前脚に噛み付いた。それから間もなく、骨の砕ける音が響き渡った。

普通の犬なら、痛さのあまり首を離してしまうが、ピットブルは戦うために人間が改良を重ね、作り上げた犬種であった。狼の咬合力は犬より遥かに強く、ベンの右前脚は物凄い出血で、砂浜を真っ赤に染めていた。それでもベンは、首を離さず左右に振り続け、確実に狼の頸動脈に近づいていた。そして、ベンの脚は完全に食いちぎられたが、狼は息絶えた。ベンは、力なく倒れたが、最期まで狼の首を咥え、離さず死んでいった。この戦いは、中型犬の中では、今でも伝説として残っていた。

この戦いを見て一番驚いたのは狼のボス・ロルフであった。中型犬があそこまで戦うなら、大型の犬ならどうなるか、ロルフの中で一瞬不安がよぎった。残る6匹の犬は、ベンの死に様を見て勇気をもらったのであった。

2番目の戦いは、グレート・デーンのハパローが前に出た。ハパローは、体高が狼よりあるので、かなり大きく見えた。6匹の狼の中から、灰色狼が「俺に任せろ」と言って、ハパローに飛び掛かった。一度目は身体を横にずらして、ハパローは躱すことができたが、2回目の狼のジャンプは3メートルを超え、空中から降りてくると同時に、ハパローの首を捉えた。ハパローは狼の牙を外そうと、長い脚を狼の腹にあて押し込むが、狼の牙は外れるどころか奥に深く入っていった。そこで狼は、首を左右に激しく振り続け、ハパローの長い脚が力なく曲がり、膝から崩れ落ち、そのまま息を引き取った。グレート・デーンは、力は強いが戦いには向いていない。弱点は首が長く、皮膚に弛みがないことであった。

3番目は、秋田犬のゴローが前に出た。飛び掛かってきた狼の攻撃をうまく躱し、何度狼が仕掛けても、ゴローは全て躱してしまった。しかし、躱しているだけで、攻撃をすることができない。結局勝敗はつかず、狼のボス・ロルフが引き分けとした。秋田犬は、その昔、闘犬として日本で使わせていたが、この犬種はとても頭が良く、先の戦いを見て、狼に噛まれたら命取りになると考え、このような戦略になった。

4番目は、セント・バーナードのサンザーが前に出た。狼がジャンプして襲い掛かるのを先読みして、サンザーは頭から突っ込んだ。それをまともにくらった狼は、後ろに転んですぐ立ち上がったが、その時サンザーは身を低くして、狼の後ろ脚を捉えた。その咥えた足を休まず左右に振り続け、狼の脚を折ると、狼は痛みに耐えられず、隙を作ってしまった。サンザーはその隙を見逃さず、狼の首を咥え左右に激しく振ると、次第に狼の力は抜け、息絶えた。セント・バーナードは救助犬と言われている犬で、普段は戦うことを避け温和だが、怒らせると面倒な犬種であった。

5番目はマスティフのオットが前に出た。オットが身構えると、その貫禄になかなか狼が動けず、睨み合いがしばらく続いたが、先に仕掛けたのは狼の方だった。助走をつけてオットの首を捉えようとしたその瞬間、オットは首を捻り躱すと、狼の顔に噛み付いた。そしてオットは激しく左右に振り続けると、狼の顔から血が流れ出した。それでもオットの攻撃は激しくなるばかりであった。狼は何もできずに息絶えたが、オットは離さず、まだ攻撃を加えていた。それを見ていたリックが止めに入り、ようやくオットが口を離したとき、狼の顔は半分剝がれていた。マスティフは、闘犬として一番歴史が古い犬種で、現在の闘犬にはこの血が殆ど使われていた。

6番目は、アラバイのグイシーが前に出た。グイシーが勝てばここで勝敗が決まる、大事な戦いであった。狼はこの勝負に負けるわけにはいかない。初めに狼がジャンプして飛び掛かり、グイシーの首を咥えた。狼は激しく左右に振り続けていたが、グイシーは噛まれている首を力ずくで下に持ってゆくと、狼の前脚に隙ができた一瞬を逃さず、左前脚を捉えた。アラバイの皮膚は丈夫で弛みもあるので、狼の牙は頸動脈までなかなか達しない。グイシーは左右に首を振り狼の左前脚を折ると、もう一本の前脚に移り、その脚も折ってしまった。両前脚を折られた狼は、それでもグイシーの首をしばらく離さなかったが、噛む力は弱まっていた。グイシーは力任せに首を引くと、狼の牙が外れたその一瞬、両脚を折られている狼は、転んで立ち上がることができなかった。グイシーは狼を押さえ付け、首を咥え左右に振りとどめを刺した。アラバイは通常、牧羊、家畜、番犬などで活躍しているが、国や街によっては、闘犬として使われていた。

◇◇◇

老犬はここまで話をすると、また水を飲みに行ってしまった。シュウガは、次がどうなるか、早く知りたくて胸が騒いでいた。

老犬と鷲

老犬は喉を潤し戻ってきたが、黙ったまま話を続けてくれなかった。シュウガは続きを聞かせてほしかったが、老犬の顔を見ると何か考えていたようなので、声を掛けることをためらった。

シュウガは遠くの海を見て夕陽が近付いていることに気づき、また何故かユウのことを思い出していた。ユウとまた会えるのか、次に出逢えたら何を話すか、会いたい気持ちが強くなるばかりであった。

そんなことを考えていると、老犬に「砂浜で会った、その子のことを考えているのか」と言われ、シュウガは心の中を見透かされているような気がして、返す言葉も見つからなかった。

老犬が、「シュウガ、腹が減ったか」と聞くので、シュウガが頷くと、老犬はゆっくり立ち上がり、空に向かって大きな声で「ウオー」と叫んだ。老犬が空を見上げているので、シュウガも真似をして空を見ていた。しばらくすると大きな鳥がこちらに向かって飛んできた。シュウガは、こんな大きな鳥を見るのは初めてであった。いつも狩りをして捕るのは、山鳥か海鳥だけだった。よく見るとこの大きな鳥は、両脚で何かを掴んでいた。

また老犬が「ウオー」と叫ぶと、急降下して、老犬目掛けて突っ込んできたように見えたが、老犬の横に降り立った。シュウガは、目の前で見るこの鳥の迫力に驚き、後ろに下がった。そして、この大きな鳥は、黒光りする太く長い爪を掴んでいるものから片方ずつ外し、シュウガの顔を覗き込んだ。老犬がシュウガに、

「この鳥の名は、コウだ。心配ないから近くに来い」

と言ったが、この鳥の鋭い目とかぎ爪を見ると、すぐには近寄ることはできなかった。

大鳥が持ってきた獲物は、ユウの大好きな大ウサギだった。シュウガも大ウサギを捕ったことがあるので知っていたが、ユウと運ぼうとしたら重たくて、その場で食べることにしたのであった。その大ウサギを、軽々ここまで運んでこられる大鳥の力に驚いた。

この鳥はイヌワシのメスで、体長は95センチ、体重9キロ、鋭い目とかぎ爪を持ち、身体は黒褐色の羽に覆われており、後頭部に金色の羽がある。この金色の羽になるまで5年かかり、これが現れると成鳥の証しであった。爪の長さは8センチ、握力は100キロを超える。通常、卵を2個産み落とすが、強い方が生き残り、1羽しか成長することができない。羽を広げると2メートルを超え、蛇、野ウサギ、鼠、犬、猫、鳥、狐、魚、小鹿、

狼など、30キロくらいまでなら掴んで飛ぶことができる。猛禽類の中でも最強で、イヌワシに天敵はいない。

老犬はシュウガに「腹が減っただろう。食べろ」と言うので、恐る恐る傍に行くと、老犬が話し始めた。

「わしは犬の群れから離れ、この山の中腹辺りに住み着いていた。確か3年経ったある日のことだった。上の方から、ピーピーと鳴き声が聞こえた。1日目は大して気にも留めなかったが、2日目もピーピーと鳴き声が聞こえてきた。わしは気になって鳴き声を頼りに行ってみると、そこの岩穴の中に、真っ白な産毛のコウがピーピーと鳴いていた。わしは、腹が減って鳴いていると思い、急いで山鳥を捕ってコウに与えた。一日に何度も餌と水を与えているうちに、いつの間にかコウの住処で一緒に暮らすようになっていた。コウが空に飛び立つその日までと思っていたが、あれから早いもので10年になる。わしは歳を取ったせいで、数年前から狩りはできん。このコウが毎日餌を運んできてくれなかったら、わしは、とうの昔に死んでいたに違いない」

この島の犬・猫・狼の平均寿命は10年と言われていたが、この老犬は15年目に入っていた。シュウガが老犬の話の途中でコウを見ると、ウサギの皮を鋭い嘴できれいに剥いていた。

老犬はそれに気が付き、「さあ、シュウガ。食べろ」と言ったが、老犬が口をつける前に食べるのは気が引け、黙っていた。老犬はそれを察したのか一口食べ、何口か食べ終わると「わしはもう要らん」と言うので、残りはコウとシュウガで仲良くきれいに食べた。

辺りが暗くなり、風が冷たくなってきたので、老犬は岩穴の中に入った。入り口は小さいが、中に入ると意外に広いので、シュウガは驚いた。中に入って一息つくと、シュウガは気になっていた話の続きを老犬にねだると、「そうか」と言って話し始めた。

◇◇◇

犬と狼の7番目の戦いの話であった。

6番目であるアラバイのグイシーが勝って、狼のボス・ロルフは犬の勝ちを素直に認め、褒め称えた。犬と猫は、勝っても皆殺されると内心思っていただけに、ボス・ロルフの器の大きさに驚いた。

しかしロルフは、勝敗を賭けずにリックと戦ってみたいと言い出した。ボス・ロルフが自ら戦うと言ったので、狼らは驚きを隠せなかった。もしもロルフが負けるようなことがあれば、狼の統制は崩れ、跡目争いが始まり、何百もの狼が戦って死ぬことになる。皆そのことを分かっているが、ロルフが決めたことに異を唱える狼は1匹もいなかった。

カンガルドッグのリックが「承知した」と返事をすると同時に、岩の上にいたロルフが飛び降り、リックに襲い掛かった。互いに首を狙い取ろうとしていたが、牙と牙がぶつかるだけで、首を捉えることはできずにいた。そこでリックは攻めを変え、脚を狙ったが、一瞬で引かれてしまった。完全にロルフに攻撃を読まれていた。リックはロルフの素早さに驚いていたが、ロルフもまた、リックの切れの良さに内心舌を巻いていた。戦いが1時間を過ぎても互いの体力は衰えず、むしろ動く速さは増していた。戦いは2時間経っても勝敗はつかなかった。

その時、リックは考えた。

このまま戦っても勝負はつかない。互いに攻撃は見切っていた。この島の狼のボスとして、引き分けではプライドが許すまい。このボスを怒らせたら、ここにいる犬猫は1匹残らず殺されてしまうだろう。

そう考えリックは、ボス・ロルフに命を差し出す覚悟を決めて、わざとロルフに分からないように右前脚に隙を作った。ロルフはその隙を見逃さず、リックの右前脚を咥えたが、何故か骨が折れる力は入れてこなかった。ロルフは首を何度か振り、すぐに離した。戦いは終わった。

皆が静まり返っている中、ロルフは配下を呼んで、犬と猫に食べ物を与えるように命じた。

リックは、犬と猫の代表としてロルフに礼を言うと、ロルフに、

「リック、皆のためにわざと命を捨てるようなことは二度とするな。たとえお前と引き分けようと、勝敗は6番目でついている。狼は、約束は必ず守る。嘘は決して言わない」

と言われ、リックは自身が取った行動を恥じた。

その晩、ロルフとリックは固い契りを結び、リックはロルフの弟分になった。そして、ロルフはこの島の半分を、弟分になったリックに任せた。ただし「狼の縄張りには、許可なく絶対に入ってはいけない」と釘を刺した。

次の朝、狼の案内で、犬と猫はロルフにもらった縄張りに移動した。

今から20年前の話であった。

◇◇◇

老犬は話し終わると横になって眠ってしまったので、シュウガも隣で寝ることにしたが、コウがときどき鋭い目で見るので、気になってなかなか眠りに就くことができずにいた。

これまでの老犬の話から、シュウガはあの日出会ったユウが狼だったということを悟っ

た。

そして、老犬もまたそれを分かったからこそ、20年も前の話をシュウガに聞かせたのだろうと思った。

次の日、目が覚めると、老犬もコウもいなかった。岩穴から外に出ると、老犬だけが座って遠くの海を眺めていた。

シュウガは思い切って老犬の傍に行き、気になっていることを話した。

「犬のボスになったカンガルドッグは、それからどうしたの？ 子供とか孫はいないの？ 犬の縄張りに行けば分かるの？」

と聞くと、老犬は、

「お前の身体には、カンガルドッグの血が入っているから気になるのか。父親か母親か、どっちだ」

シュウガは何故分かるのか不思議に思ったが、父親だと答えると、老犬は「そうか」と言って、黙ってしまった。

老犬は、シュウガを初めて見たときに気付いていた。目、耳、首の弛みを除けば、カンガルの血が入っていることを。だからこそ、自分の大事な住処に連れてきたのであった。

しばらくすると、空中から甲高い声とともに、コウが住処に向かって飛んできた。コウは、掴んでいた獲物をシュウガの前に落とすと、そのまま迂回して姿が見えなくなった。シュウガの前に落としたのは山鳥で、羽を毟って老犬に食べさせろ、という意味だと思い、すぐに羽を毟ってあげようと焦ったせいか、前歯が何本か抜けてしまった。シュウガが、前歯が抜けたことを老犬に話すと、老犬は目を細め「そうか」と言った。

「心配するな。お前の歯は乳歯だ。いずれ全部抜けるが、新しい永久歯が生えてくる。この永久歯が全部揃ったら、成犬になるのだ。わしなんか、その永久歯が年々抜け落ち、何本も残ってないわ」

老犬の言葉にシュウガは安心してまた鳥の羽を毟ることにした。

きれいに毟り取った鳥を老犬の前に置くと、老犬は柔らかい胸肉を一口食べ、シュウガに「頭も骨も全部食べろ」と言ったので、歯が抜けたせいで時間はかかったが、残さずきれいに食べ終わった。

それを見計らって、老犬が話し始めた。

◇◇◇

カンガルドッグのリックは、ロルフからもらった縄張りに犬と猫を連れて入ったまでは良かったが、それからが大変だった。

今まで人間に飼われていたので、餌とねぐらに困ったことはなかったが、これからは自分らで何もかもをして、この島で生きていかなければならない。リックは、この数の犬と猫の餌をどう確保すれば良いのか、この問題を考えていた。

犬と猫を集め、皆にどうしたら良いのかと問うと、セッターのレクが出てきて、

「俺は船に乗る前まで、人間と一緒に狩りに出ていた。獲物の捕り方なら、よく知っている」

そうリックに言った。すると続いて、ポインターのライ、ダルメシアンのコロン、ビーグルのソラも狩りの経験があると言ってきた。

リックは、ポインターのライに「あなたはメスのようだが、大丈夫か」と聞くと、「隣にいるオスよりは役に立つ」と返事が返ってきたので、選ぶことにした。

この4匹が先頭になり獲物を追い詰めるように言ってから、その獲物を逃がさないために、シェパード、ドーベルマン、ラブラドール、紀州の4匹を背後につけた。

そしてリックは他の犬に、雨風がしのげる住処を探すように指示をした。犬は言われた通り敏速に行動に移したが、猫はその場に留まっていた。

すると、エキゾチックのマックスが、リックに向かって、

「猫は、好き勝手にやらせてもらう。命令は受けない」

とはっきり言い放った。それを聞いていた犬からは、リックの優しさが分からないのか、という声もあれば、勝手に猫にさせればいい、という声も出た。リックは、

「分かった。もし餌に困ったら言ってくれ。猫の分は取っておく」

とマックスに言った。

マックスも悪気があって言った言葉ではなかった。犬と狼の死闘を目の前で見て、猫が何もできなかったことを恥じていた。犬にこれ以上は迷惑をかけられないという気持ちから出た言葉であった。

マックスは犬から離れ、猫だけで話し合った。そしてマックスが、

「この島で生きていくには、自身らで狩りをして食べていくしか方法はない。もう人間は助けてくれないし、犬に世話になるわけにはいかない」

と言うと、ノルウェイジャンのワイヤーが、

「その通りだ。猫には猫のプライドがある。皆で協力し合っていけば、何とかなる」

と言った。マックスの意見に皆賛成した。そこでマックスは、皆に向かって、

「この中で狩りができる猫はいるか」

と聞くと、急に静まり、返事が返ってこなかった。

この島に辿り着いた猫は、各種すぐれた血統の猫であった。生まれた時から、人間が特別大事に育て、食事から毛並みの手入れ、温度管理、病気に罹らないよう気を遣われ、何不自由なく育てられた猫であった。いきなり狩りをすると言われても、何をどうすれば良いのか、さっぱり分からなかった。

マックスも同じだが、状況が変わった以上、今日から生きていくために、食べていかなければならない。そう自分たちに言い聞かせ、もう一度聞くと、ノルウェイジャンのワイヤー、ロシアンブルーのミイシャ、ミケのタマ、メインクーンのジャム、ベンガルのタイガ、アメリカンショートヘアのジャック、この6匹とマックスは、狩りに行くことになった。他の猫は、何処か寝られる場所を探しておくよう、マックスが指示をした。

狩りに出た8匹の犬は、獲物のにおいを辿って、1匹の大きな猪を見つけた。この猪は楽に100キロを超えており、どの犬よりも大きかった。猪は犬から逃げ回ったが、岩山に辿り着き、最後は逃げ場を失ってしまった。猪も犬に突進したり噛み付いたりと抵抗したが、4匹の犬を突破しても、その後ろにまた4匹がいた。犬は、猪の隙を見ながら、次々に襲い掛かっていった。猪は疲れ果てて座り込んだが、そこにまた次々と襲い掛かり、猪の息の根を止めることができた。

しかし、この大きな猪を、どうやって仲間のいる場所まで持っていくかが問題であった。

皆でいろいろ考えたが、良い案が出ずに困っていると、ドーベルマンのヤクが提案した。

「まずはここにいる8匹の犬でこの獲物を食べ、残った肉をそれぞれが咥えて、リックのところに持っていけばいい」

この意見に反対する者はいなかった。

こうして、残った肉を咥えて戻ったが、まだ皆の腹を満たすには足りないので、この8匹はまた狩りに出たのであった。

この島には数多くの動物が生息していた。狩りさえできれば食べ物に困ることはない。一方猫は、マックスを先頭に7匹で狩りに出たが、その日は1匹も獲物を捕ることができなかった。

それを聞いて、犬のボス・リックは、猫に食べ物を持っていったが、マックスは、それを断った。それから猫は、小動物や魚を捕ったりして自力で生きていけるようになったが、その頃から猫と犬は不仲ではないが、次第に距離を置くようになった。

そして数カ月後、リックとマックスで話し合い、犬の縄張りの東の海沿いに猫は移り、そこを縄張りとした。

こうして約20年前、狼・犬・猫がこの島で三つに分かれ、それぞれの生活が始まった。

◇
◇
◇

老犬は話を続けた。

「犬のボス・リックがこの島に来て2年が過ぎた頃、同じ犬種のアムとの間に1匹のオスが生まれた。母親のアムは、その子を産み落とすと同時に死んでしまった。その子はボスの子だということで何不自由なく成犬まで育ったが、その半年後、ボスのリックも死んでしまった。初めにこの島に辿り着いた犬は、次々と死んでいったが、亡くなる前に子供はできていた。その子らが成犬となり、新しい犬の世代が始まった。ボスの二代目はリックの子で決まり、名前も同じで跡を継いだ。

1年経って、ある夜のことだった。初代マスティフのオット、初代アラバイのグイシーの子供が手を組んで、二代目ボスのリックに襲い掛かった。

一対一ならどうにかなったが、二対一ではどうにもならなかった。マスティフのオットに首を取られ、リックの動きが止まると、アラバイのグイシーがリックの牙に奥歯を差し込み、右の牙を折ってしまった。そこでリックを離したが、牙を失った犬が、ボスでいるわけにはいかない。この島では、強い犬だけがボスの資格を持っている。

二代目リックは、犬の群れから離れ山に籠もり、あれから10年が過ぎてしまった」

シュウガは、この老犬が二代目リックだと分かったが、口には出さず黙って聞いていた。

「シュウガよ。この島でカンガルドッグの血を引いているのは、わしとお前しかおらん。わしはもうじき消えてしまうが、お前はこれからだ。犬も猫も、初代・二代は死に、三代・四代となっていく。ボスになるには、もちろん強くなければならんが、それだけでは認めてもらえない。周りのものに優しさや思いやりをもって接することだ。わしには、それがなかったが故、この山に追いやられてしまった。この山に来た頃は、あの2匹を恨み復讐に燃えていたが、2年が過ぎ3年が過ぎた頃は、己の愚かさに気が付いた」

老犬リックの顔は何処か寂しそうで、シュウガは何も言葉が出てこなかった。

遠吠え

秋も深まり夕日が紅葉を照らし、少しずつ暗闇が近づくと「ウォー」と低い声が響き渡った。すると、それに応えたのか、至るところから「ウォー」という叫び声が聞こえてきた。初めに叫んだのは、狼のボス・ロルフの跡目に決まっているラルヒであった。

この島の狼は、白色・灰色・黒色の三種の狼がいるが、何百年前からのしきたりで、白色狼の群れから狼のボスになることが決まっていた。そして、ボスになるとロルフという名が与えられた。今現在のロルフが何代目だか、歴史が長すぎて分からないが、犬との戦いから数えると三代目となっていた。

ロルフの住処は、狼の縄張りの真ん中に聳え立つ、切り立った絶壁の中腹の上にあり、両側に滝が勢いよく流れていた。住処の中は広く、この中で白色狼が10匹前後の群れを作り、10組が暮らしていた。

次期跡目を継ぐラルヒが吠えると、灰色狼のボス・グゾンと、黒色狼のボス・ビライが、互いに配下の2匹を連れて、ロルフの住処に駆けつけてきた。ロルフは、ラルヒの後ろで眼光鋭く黙ったまま話を聞いていた。ラルヒは、今日の狩りの場所や獲物の種類、そして何頭・何匹まで捕っていいか細かく決めて、グゾンとビライに指示を出すと、2匹はロルフに挨拶をして住処を後にした。

狼のボス・ロルフは、2年前に最愛のニルを病気で失った。それからのロルフはやる気を失い、全てラルヒに任せていた。

狼はつがいになると、オス・メスどちらかが先に死ぬと、残されたものは、餌を食べずに死ぬか、生涯1匹で生きていくか、二つに一つを選ばなければならない。ロルフは死ぬことを考えたが、跡目も育てず勝手に死ぬことは狼のボスとして許されるはずがない、そう思い仕方なく生きることにした。

自然の中で生きていくために、一番大事なことは食料の確保であった。獲物をむやみやたらに殺せば、やがて餌がなくなり、己の首を絞めることになる。この島の狼が何百年も生き延びてこられたのは、獲物の子供やメスを殺さない、このことを固く守ってきたからであった。

次期ロルフの跡目を継ぐラルヒは、ロルフの子ではあるものの、長男ではなく、2番目に生まれた子であったが、ロルフの一言で跡目となり育てられた。

狼は生まれてすぐに親から上下関係の順位を付けられる。この順位を付けられたら、一生涯これに従って生きていかなくてはならない。この格付けが嫌で群れから逃げた狼も過去にはいたが、この島の長い歴史の中で、生き延びた狼は1匹もいなかった。狼の群れから逃げても、島から逃げることはできない。すぐに捕まり、殺されてしまった。この島の狼には、厳しい掟があった。

ラルヒは、次期跡目を継ぎロルフになるが、特に優れた能力を持っているわけでもない。しかし、ロルフに言われたことには真面目に取り組んでいた。ラルヒには、数カ月前、妻であるニコンとの間に3匹の子が生まれた。1匹はオスで、2匹はメスだった。

狼の掟の中に、ボスになるのはオスだと決まっていたので、ラルヒは迷わずその子を選んだ。そして、次の跡目として教育しているが、この子は何を教えても覚えは悪く、それに気が小さい。とてもボスになれる器ではない。このことが原因で妻のニコンと喧嘩が絶えず、ラルヒは頭を抱えていた。

2匹生まれたメスは、1匹は普通の子で、もう1匹は頭が良く何もかも優秀だが、何かと屁理屈を並べ、親の言うことは一切聞かない子であった。

それに最近では毎日ロルフのところに行くので、ラルヒもニコンも、何かこの子が、ロルフに対し粗相するのではないかと、気が気ではなかった。

「お爺様、お腹空いた。今日は、鹿肉を食べたいよ」

ロルフの住処に入ってくるなり、孫娘はいつもの調子でロルフに言ったので、ロルフが、

「食べたければ、狩りに行きなさい」

と言うと、彼女は歯を見せて、まだ乳歯であることをロルフに教えた。ロルフは目を細め、近くにいた配下に鹿肉を持ってくるよう命じた。すぐに鹿肉は届き、この子に与えたが、少しだけ食べて、

「鹿肉は硬いから、やっぱりウサギの肉がいい」

と言い出した。ロルフはまた近くにいた配下に、ウサギの肉を持ってくるように命じた。

ロルフは、甘やかしてはいけないと思ってはいるが、この孫娘――ユウに言われると、どうしても聞いてしまった。

この間もそうであった。ユウは、父親・ラルヒに怒られてヘソを曲げ、住処を朝早く飛び出した。そして、砂浜を歩いていると、波打ち際に何処からか流れ着いた犬に興味を抱き、面倒を見ていた。

この件は、すぐロルフの耳に入った。ロルフは、ユウに分からないよう配下3匹を付け、ユウの監視をさせていた。

ユウは自身で狩りをして鳥を捕ったように見せていたが、あの鳥は住処にあったものを

毎日持っていったのであった。

父親のラルヒは、狼の縄張りに許可なく入ってきたと言って、犬を配下に殺すように命じたが、それをロルフが止めたのであった。

ロルフは、ユウを呼びつけると、この件について叱り付けた。するとユウが、

「あの死にそうな犬を見捨てろというの。だったらいいわ、私も死んでやる」

と言って、ロルフを困らせた。最後はロルフが折れ、ユウに条件を出した。

「10日間だけ犬の面倒を見たら、父親ラルヒに謝ること。そして二度と黙って住処を出ないこと。必ず夕日が沈む前に帰ること」

ユウは、この条件で納得した。ロルフは、ラルヒとニコンにこのことを話し、10日間だけ黙って見守るように言ったのであった。

10日が過ぎて、住処に落ち着いたユウは、以前より素直になり、親の言うことを聞くようになったとラルヒが言っていたが、ロルフの前に来ると、相変わらずわがままばかり言っていた。

ロルフには子や孫はたくさんいるが、皆ロルフを怖がって、滅多に顔も見せなかった。そこへいくと、ユウは毎日来るので、ロルフも次第に溺愛するようになっていた。

ユウは、あの日シュウガと別れてから、毎日気になっていた。シュウガには親もいないし、知り合いもいない。無事に犬の縄張りに入ったのか、住処を作り、毎日きちんと食べているのか、どうしても気になってしまう。ユウは早くシュウガに会いに行こうと考えているが、勝手に犬の縄張りに入るわけにもいかず、何か良い手はないものかと常に考えていた。

とりあえず今は、毎日ロルフの機嫌を取り、顔色を窺って、時機が来たら何か理由を付けて犬の縄張りに行こうと考えていた。

狩りに出た灰色狼のボス・グゾンと、黒色狼のボス・ビライは、互いに配下三十数匹を連れ、六つの群れを作り、二手に分かれ獲物を追っていた。グゾンは草原に、ビライは森に向かっていた。

草原では主にウサギが数多く生息しているが、今日のグゾンの狩りの狙いは、ヘラジカのオスであった。シカの中でも最大で、体高は2メートル、体長は3メートル、体重は800キロを超えるものもいた。このヘラジカのツノの力は物凄く、過去にこのツノで何匹もの狼が命を奪われた。

グゾンは、狩りにかけては狼の中でも右に出るものはいなかった。それに無理な追い込みを配下に命じず、時間を掛け確実に仕留めるので、配下にも信用があり慕われていた。

ヘラジカが月の明かりに照らされ、何頭かで草を食べている姿を見つけると、グゾンはヘラジカに気付かれないように、配下に命じ身を伏せながら静かに近寄っていった。そして、その中で一番大きなヘラジカに狙いを定めると、配下を先回りした彼方に20匹送り込んだ。ヘラジカは、狼が急に襲い掛かってきたので、慌てて四方八方に逃げると、そこでグゾンは一番大きなヘラジカに目を付け、配下に命じ、そのヘラジカを襲うと見せかけ追うように言った。

しばらく追わせ、ヘラジカが疲れると、グゾンが途中で先回りさせた配下十数匹が前から攻めてきたので、ヘラジカの脚はその場に止まってしまった。

だが、ヘラジカの力はまだ残っている。グゾンは配下に深追いさせず、ヘラジカの脚だけ狙うよう指示を出すと、一斉に脚だけを攻撃したのであった。ヘラジカの動きが完全に止まり、膝から崩れ落ちると、配下が次から次へと牙を刺し、息の根を止めた。

そしてグゾンは「ウォー」と叫び、遠吠えをした。この遠吠えは2キロ先の配下にも聞こえ、この配下がまた遠吠えし、連鎖してロルフの住処まで届いた。グゾンは、この遠吠えで、狩りの成功と、今いる場所を仲間に教えた。

そしてグゾンは、配下と一緒に腹を満たすと、もう一度遠吠えをした。残った肉は、それぞれが咥えて持って戻るが、今回の獲物は大きく、それでも肉は余ってしまった。そこでグゾンは、この場所に来るように仲間を呼んだのであった。

一方、森に向かった黒色狼のボス・ビライは、30匹の配下を五つに分け、皆別々に猪を追わせ、8頭を仕留めた。ビライも遠吠えをして、遠くの配下に知らせると、またこの配下が遠吠えをし、次々に連鎖してロルフの耳に入った。

狼の遠吠えは、いくつかの意味を持っていた。自身の場所を教えるとき、敵や獲物を見付けたとき、怪我をしたときなど、声を微妙に変え吠えていた。

ビライは、腹を満たすと配下2匹を呼び、何事かを耳打ちすると住処に戻った。

彼の住処は森の中にあった。大きな古木で、この木の周りを何十本もの太いツルが巻いていた。入り口は小さいが中は空洞になっており、十数匹の群れが住むには十分な広さであった。狩りで疲れたビライは、住処に戻るとすぐに横になり、眠りに就いた。

すると、朝早く配下2匹が戻ってビライに報告すると、ビライはその2匹を連れて、灰色狼のボス・グゾンの住処に向かった。

グゾンの住処は草原の近くにあり、ビライの住処から10キロくらいの距離であった。大きな岩がいくつもあり、そこにある一番大きな岩の下に住処があった。入り口は狭いが、これもまた中に入ると、十数匹が暮らせる広さであった。

ビライが来たことをグゾンの配下に知らせると、中からグゾンが出てきた。ビライの顔を見たグゾンは、「何かあったのか」と聞くと、ビライは「2匹だけで話がしたい」と言った。互いに配下を遠ざけ、2匹同時に座り、ビライが話し始めた。

「昨夜、森で狩りをしていた途中に、嫌なにおいを嗅いでしまったよ。あいつら——犬どもは、俺ら狼の縄張りに入ったと思う」

グゾンは、

「あの場所は、確かに奴らと近いが、島の掟を破ることはしないだろう。風向きによってはにおいが来ることもある。心配するな」

と言ったが、ビライは、

「確かに奴らが縄張りに入った証拠はないが、あいつらは必ず近いうちに狼の縄張りを侵すことになる」

グゾンは、

「その根拠はあるのか」

とビライに聞くと、

「狩りの途中に嫌なにおいを嗅いだから、狩りが終わってから配下2匹を呼んで、犬の縄張りに入って、犬どもの様子を調べるように耳打ちをした。調べさせて驚いたのは、犬の数だ。大体だが、６００ほどいるらしい」

これを聞き、グゾンは驚きを隠せなかった。

狼は何百年前から数を維持してきた。あの戦いから20年経った今でも狼の数は変わらず、３５０前後であった。数を増やすということは、それだけ餌が必要になるということだ。犬の縄張りだけでは限界があった。

狼は年に一度、春になると発情期を迎え、子は３～４匹が平均であるが、犬は年に二度、春と秋に発情期を迎え、子は５～６匹が平均で、10匹を超えることも珍しくなかった。

狼の数が少ないのは、自然の中では餌が安定していないからだ。何万年も前から、自然と身体が調和したからであるが、犬は何千年前から人間に飼われ、餌の心配をする必要がない。そのため、安心して子を産むことができる。これもある意味、自然とこのような体質になっていた。

グゾンは、

「このことをロルフに話し、今から策を考えてもらったらどうだ」

と言ったが、ビライは首を振った。

「俺に考えがある。ロルフには言わずに、グゾンの腹にしまっておいてほしい」

そのとき、ビライの目が一瞬光ったのを、グゾンは見逃さなかった。

ビライは、配下2匹を連れ、グゾンの住処を後にした。そして砂浜に向かって歩いていた。砂浜に着いたビライは、大きな岩を一瞬で駆け上がり、ゆっくり左右を見渡し海を眺めると、目の前の砂浜をじっと見ていた。空は雲に覆われ、風が吹いても、ビライの黒く光った毛並みだけが、風に沿って揺れるだけで、身体はピクリとも動かなかった。

ビライは、子供の頃、黒色狼のボスである祖父に、何度もこの場所に連れてこられ、話を聞いたことを、今改めて思い出していた。ボスである祖父の父親が、20年前、アラバイのグイシーに両脚を折られ殺されたのが、この場所であった。その時のロルフの一言が、「負けて死んだ者のことは忘れろ」であり、このことを口にする狼はいないが、殺された狼の血筋を引いているものには、厳しい言葉であった。祖父はこのとき、歯を食いしばって耐えたと言っていたのを、ビライは思い出していた。

ビライは、犬の数を聞いたとき、近々必ず犬との戦いが始まると考え、心の中は復讐に燃え始めていた。

グゾンは、ビライの光った目が気になり、なかなか眠りに就くことができずにいた。冷静になって考えてみたが、このまま犬の数が増えれば、間違いなく犬の縄張りだけでは餌が足りなくなる。そうかといって猫の縄張りを侵しても、あの縄張りには森も草原もない。

犬が欲しがるのは、狼の縄張りしかなかった。来春にはたくさんの子が生まれ、餌が今以上に必要になる。戦いは、早ければ来年の秋か夏だと、グゾンは読んでいた。ビライは、この大事な事態をロルフにまだ言わないでほしいと言ったが、どういうことか、考えてもビライの考えを読むことはできなかった。

すると早いもので夕日が沈み、暗くなると遠吠えが聞こえてきた。グゾンは一睡もできずに、配下2匹を連れ、ロルフの住処に向かった。

ロルフの住処に着くと、すでにビライがいて、ラルヒと話をしていた。犬の話をしているのかと思ったが、どうやら違う話のようであった。

グゾンはまず初めにロルフに挨拶すると、孫娘のユウが隣に座っていたので、ユウにも挨拶してからラルヒとビライのところに行き、話を聞くことにした。すると、ラルヒはビライとグゾンに、「明日の朝までに鳥を50羽、ウサギを1羽、この住処まで持ってくるように」と命じた。鳥やウサギなら簡単に揃えられるが、大きな獲物を捕った次の日は、狩りをしない決まりがあった。グゾンは黙ってビライの顔を見ると、何も言わずラルヒに「分かりました」と返事をして、配下2匹を連れてロルフの住処を後にした。仕方なくグゾンも返事をして、配下2匹を連れてロルフの住処を出ることにした。

朝になると、次から次へと黒色狼と灰色狼が、鳥を咥えてロルフの住処に置いていった。

そして最後に、黒色狼がウサギを1匹置いていった。

そこにユウが、白色狼20匹を連れて入ってきた。ユウは白色狼に鳥の羽をきれいに毟り取るように命じたそのとき、ロルフが来たので、ユウは慌てて近くで羽を毟っていた仲間の鳥を横取りして、いかにもこの鳥を自身で毟り取っているかのように、ロルフに見せた。

ロルフはユウに、

「まだ歯が生え変わっていないから、無理するな」

と言って、奥に入っていった。その後ろ姿を見たユウは、咥えていた鳥を隣にいた仲間の前に置いたのであった。

昨日ユウは、父親のラルヒに、

「朝晩が寒くなってきたので、お爺様の寝床に鳥の羽根を敷いてあげたい」

と相談した。ラルヒは、

「大きな獲物を捕った次の日は、狩りをしない決まりになっているから駄目だ」

と言ったが、

「お爺様が病気になったら、どうするつもり？」

と言って、一歩も引かない。ロルフのためを思ってのことなので、「分かった」と言ってラルヒが折れた。

しかし、決まりを曲げるわけにはいかず、どうしたら良いかロルフに相談した。ロルフは話を聞いて、孫が心配してくれていると思うと悪い気はしなかった。しかし狼には厳しい掟と決まり事があり、これをロルフが自ら破るわけにはいかない。

そこで「わしは知らん」と一言だけ言って横を向いてしまった。これを聞いてラルヒは、初めて自分自身で決断することになった。

ユウは、鳥の羽をきれいに毟り取らせると、羽根をロルフの寝床に敷き詰めさせ、その隣に小さな寝床を作らせ、そこにも羽根を敷き詰めさせたのであった。ユウは、今日からロルフの隣で寝ると決めていた。自身の住処には、口うるさい母親と兄がいた。ユウは、この兄のことが大嫌いであった。それに何より、毎日ロルフの機嫌をとっていれば、シュウガに早く会えるような気がしていた。

ロルフが寝床に行くと、ユウがいたので驚いたが、目を細め笑ったのであった。

ユウの隣には、丸裸にされたウサギが横たわっていた。

冬

風が吹くたび葉は落ち、どの木も幹と枝が、はっきり見えるようになっていた。

老犬の目覚めは早く、寝床から外に出ると、まだ辺りは薄暗く景色は何も見えなかった。

老犬はまず初めに岩の間から流れる水を飲むと、いつもの同じ場所に座り、朝日が昇る方向をじっと見つめていた。

しばらくして朝日が顔を出すと、コウが起きてきて老犬の隣に座った。老犬は、コウを見ながら「今日も頼むぞ」と言うと、コウはゆっくり羽を広げて、朝日の方向に飛び立った。

それからまたしばらくして朝日が昇り景色がはっきり見えると、シュウが起きてきて、老犬に「おはよう」と挨拶してから水を飲み、老犬の隣に座った。シュウガは老犬に、

「後ろ脚が痛くて、今日はできないよ」

と言うと、老犬の顔は一瞬厳しい表情になったが、「そうか」と言って変わらず朝日の方向を見ていた。

老犬は、数日前からシュウガの脚力を鍛えるために付き添って、朝から晩まで訓練していた。助走を付けずにいかに高く飛べるか、一日中同じことを繰り返し続けていた。その甲斐あって、シュウガは日に日に脚力がつき、確実に高く飛べるようになっていた。

するると、朝日の中から黒い影が、住処に向かって老犬の傍に降り立った。コウは、今日も白い海鳥を掴んでいた。ここ毎日、コウはこの鳥を一日に数十羽捕ってきた。シュウガは、正直この鳥の味に飽きてきたが、口には出さなかった。いつものように羽を毟り老犬の前に置き、老犬が一口食べると残りはきれいに食べたのであった。

コウは、毟り取った羽根を集め、岩穴の横にまとめて置いていた。そしてまた飛び立つと、30分も掛からず同じ鳥を掴んで戻ってきた。

老犬は「今日は違うことをさせるからついてこい」と言って歩き出した。シュウガは後ろ脚が痛いのを我慢して、老犬の後をついていった。老犬はゆっくり岩や石を避け、下って森に入ると大きな木の前で立ち止まり、

「シュウガ、この木に巻き付いているツルを、夕方までに全部取ってきれいにしろ」

シュウガがその木をよく見ると、ツルは太く何重にも絡み合い上に伸びていた。シュウガが、

「こんなの簡単だよ。早く取って戻るよ」

と老犬に言うと、老犬は「そうか」と言って、来た道を戻っていった。

シュウガは早速ツルに噛み付き引っ張ってみたが、ツルはびくともしなかった。ツルはただ木に巻き付いているだけではなく、根が木にへばりついていた。簡単に取れると思ったシュウガは内心焦り、痛い後ろ脚に力を入れ、ツルを後ろに引くと、ツルは少しずつ剝がれたが、シュウガは脚が疲れ、その場に座り込んでしまった。

老犬が住処に戻ると、コウは白い海鳥の羽を毟っていた。裸にした鳥は食べずに端に置き、毟った羽根を一カ所にまとめていた。老犬は、コウに、

「シュウガのことは、この先も頼むぞ」

と言って、いつもの座る席で眠ってしまった。そんな老犬を横目で見たコウは、住処の近くに落ちている小枝を咥え、岩穴の中に入っていった。

シュウガは、脚の疲れが回復すると、同じやり方では夕方までにツルを取ることはできないと思い、違うやり方はないか考えていた。シュウガの歯は、すでに上の犬歯２本を除き、残り40本の永久歯は生え揃っていた。シュウガはツルに噛み付き、何気なしに首を横に向け引いてみたら、ツルは思っていた以上に簡単に取れた。それから首を左右に振り続

け、首の力だけで、夕方前に太い幹に巻き付いているツルをきれいに取ることができた。

シュウガは、老犬に褒めてもらいたくて、痛い後ろ脚を引きずり、急ぎ住処に戻った。寝ていた老犬にシュウガは、

「言われた通りに、ツルをきれいに取ったよ」

と言うと、老犬は目も開けずに「そうか」としか言わなかった。

しかし老犬は、目をつぶりながら内心驚いていた。あのツルを取るには、成犬でも難しいことを知っていたからであった。

シュウガはコウの傍に行き、小枝を集める手伝いをした。コウはシュウガのことが気に入ったのか、最近では寝るときも肩を寄せ合い、一緒に寝るようになった。初めはシュウガもコウの鋭い目と爪が怖かったが、それも次第に慣れて、今ではコウのことが大好きになっていた。それに毎日狩りをして餌を運んできてくれるので、コウには心から感謝していた。

だが、コウが小枝を集めて何をするのか、シュウガにはさっぱり分からなかった。

夕陽の光が岩穴を照らし始めると、老犬が起きて水を飲み、蓄ってあった鳥を一口食べると、座り込んでシュウガを呼んだ。老犬の傍に行くと、

「シュウガよ。今日取ったツルの近くに、まだツルが巻いてある木が確か5本あったと思うが、明日から3日以内に全部取れ」

と言ったので、シュウガは、

「高い所に巻き付いているツルはどうするの?」

と聞くと、老犬は「全部だ」と言った。シュウガは返事をしたが、あの高い木のツルをどうやって取ればよいのか考えていた。

その日はいつも通り眠り、次の日は朝早く起きて、水を飲み鳥を食べ、森に入った。確かにツルが巻いてある大きな木が5本あった。その木をよく見ると、いかに飛び跳ねジャンプしても届かないところまでツルは伸びていた。シュウガは取り敢えず今日は届くところまでやって、帰ったら老犬に取り方を教えてもらおうと思って、夕方までツルを取り住処に戻ることにしたが、帰りの足取りは重かった。

住処に戻ると老犬の姿はなく、何処に行ったのかと思っていたら、岩穴の中から老犬の声が聞こえてきた。シュウガは中に入って驚いた。寝床には、何重にも白い羽根が敷き詰めてあった。老犬は機嫌良く言った。

「シュウガもここに来て横になってみろ」

言われた通り横になると、疲れがまさに一瞬でなくなるような心地良さであった。よく見ると、羽根の下に小枝が見えた。コウは寝床を作るのに小枝と海鳥の羽根を集めていたのかと、このとき初めて分かった。

この日ゆっくり身体を休めたおかげで脚の痛みも治り、すっかり元気を取り戻したシュウガは、老犬に、

「高い所に巻き付いてるツルは取れないよ。どうやって取るの？」

と聞いてみた。すると老犬は「そうか」と言って遠くを見ていた。

気まずい空気が流れたそのとき、コウが急降下してきて、シュウガの前にウサギを落とした。久々にウサギを見てシュウガは嬉しくなり、すぐに皮を剝ぎ老犬の前に置いた。老犬は一口だけ食べると、横になってしまった。その後シュウガは、骨まで残さずきれいに食べ終わると、森に向かって歩き出した。

そして森に行く途中、何気なしに空を見上げると、天高く大きな鳥が2羽いることに気付いた。すると2羽の鳥が空中で激しく一度ぶつかり、またぶつかった。シュウガはコウのことが心配になり、急いで住処に戻り老犬に教えた。老犬は空を見上げ、

「また新しいのが来よったか。毎年この時期になると何処からか、コウの縄張りを奪いに同じイヌワシが来るが、コウは負けたことがないから大丈夫だ」

と言ったので、シュウガは少し安心したが、またその時2羽がぶつかったと思ったら、そのまま地面に落ちていった。これを一緒に見た老犬は顔色を変え、心配そうにしていた。シュウガがコウが落ちていった方向に行こうとしたら、老犬が、「まだ分からん」と言うので、踏みとどまり様子を見ることにした。

少し経つと、1羽だけ空に戻ると、その1羽は住処に向かって飛んできた。老犬もシュウガも、互いに顔を見合わせ一安心した。戻ってきたコウは右脚を痛めたらしく、左脚だけで立っていた。老犬とシュウガはすぐコウの傍に行き、脚を見ると右脚の付け根部分から血が滴り落ちていた。老犬はコウを横にさせ、傷口を丁寧に何度も舐めてから、寝床にコウを連れていき、血が止まるまで舐めていた。

ようやく血は止まったが、老犬はシュウガを呼んだ。

「コウの傷は思った以上に深い。当分狩りはできまい」

「明日からぼくが狩りに行くから、大丈夫だよ」

シュウガがそう言うと、老犬は「そうか」と言ってから、

「縄張り以外の場所では、絶対に狩りはするな」

と付け加えた。

次の日、シュウガはいつもより早く起きて、老犬に、「これから狩りに行ってくるよ」と言って、走って森の入り口に着いた。この森を抜ければ草原があり、草原を抜ければ海がある。シュウガは、老犬の縄張りは完全に把握していた。森の獲物を捕るか、草原で捕るか、迷っていたそのとき、森の中で何かの気配を感じ取り、その方向に音を立てずゆっくり歩いていくと、3匹の犬が山鳥を追っていた。

シュウガは、木の陰に隠れて、それをしばらく見ていると、3匹が追ったせいで、山鳥は木の枝まで飛び、そこでじっとしていた。すると3匹は、その木の周りを走っていたと思ったら、その中の1匹が木に巻き付いているツルに足を掛け、一瞬で木の枝に登った。シュウガはそれを見て、この技を覚えれば、あの高い場所にあるツルも取れると思った。

枝にいた山鳥は驚いて飛び立ったが、この種の鳥は遠くに飛ぶことができない。そのことを犬は知っているのか、山鳥が地面に降りる瞬間、下にいた2匹が飛び掛かり、1匹が山鳥を咥えた。シュウガはこれを見て、3匹の役割が決まっているのだと思った。

シュウガはこのまま見て見ぬふりはできないと思い、3匹の近くまで行くと、ふと老犬との出会いを思い出した。シュウガは3匹に向かって、

「その鳥は、わしの鳥だ」

と言った。3匹は一斉に、

「この鳥は俺らが捕ったのだから、俺らのものだ」

と言い返した。するとシュウガは、

「この森は、わしの縄張りだから、鳥だけではなく動物は全てわしのものだ」

と言った。３匹は、

「お前の名前を教えろ」

と言うので、シュウガは、

「わしの名はリックだ」

と答えた。名を聞いて3匹は一歩下がったが、不思議そうな顔をしていた。リックの名は、今でも伝説として犬の中では残っているので、この3匹も名は知っているが、初代も二代目も死んだと聞かされ育った。目の前にいるこんな若造がリックのはずがない。３匹はリックを騙る偽物だと思い、一斉に身構えてシュウガに襲い掛かった。

シュウガは、まだ上の犬歯は生え変わっていないが、この島に辿り着いた時の骨と皮だけの身体ではない。老犬とコウのおかげで、首・肩・胸・腰・脚に筋肉が盛り上がり、それより何より身体が倍以上に大きくなっていた。

３匹がシュウガの首や肩に噛み付いてきたが、簡単に跳ね飛ばしてしまった。３匹はシュウガの怪力に驚き、鳥を置いて走って逃げていった。

そしてシュウガは、この鳥だけでは物足りないと思い、もう1羽捕って、2羽咥えて住処に戻った。この2羽の羽を毟って、岩穴に入って老犬とコウの前に置くと、老犬が、

「森か草原で何かあったのか」

と聞いてきた。シュウガは、何故分かるのかと不思議に思い黙っていると、老犬が、

「犬は3匹だな。わしは、歳はとったがまだ鼻は利く。詳しく話せ」

と言うので、シュウガは、

「森に行ったら犬3匹が狩りをしていたから、ここで狩りをしてはいけないと言ったら、3匹が掛かってきたので、振り払ったら帰っていったよ。怪我はさせてないよ」

と答えた。ただリックの名前を出したことは黙っていた。老犬は「そうか」と言って、話を続けた。

「シュウガよ。今日会った3匹は猟犬といって、狩りを専門としている中型犬だが、その上に縄張りを守る親衛隊の大型犬がいる。わしが当時いたときは20匹くらいだったが、今のことは分からん。ただ一つ言えることは、今のお前では一対一で戦っても、勝つことはできん」

これを聞いて闘犬としての血が騒ぐのか、早く戦ってみたいと、シュウガは思うのであった。

シュウガは、岩穴を出てまた森に向かった。今日見た猟犬の技を早く試したくて、いてもたってもいられなかった。

森に着き、5本ある中の木から、一番枝の高い木を選んだ。その木の枝まで、およそ4メートルあった。今現在のシュウガの脚力は2メートルくらいしかないため、残りの2メートルは、ツルに足を掛けたときの反動を利用して上がらなければならない。シュウガは、頭の中で計算して、心の準備ができると、その場から一気にジャンプして、ツルに足を掛け挑んだが、枝まで届かず落ちてしまった。何回やっても、結果は同じであった。頭の中ではできているのだが、いざやってみると思うようにいかない。

仕方なく、次は木を変えて一番低い枝を探した。枝までの高さは、およそ2メートル50センチくらいなので、これならと思い同じやり方でやってみると、シュウガの腕は枝に掛かったが、上がることができずにまた落ちてしまった。

夕方まで何十回も同じやり方を繰り返したが、結局枝に上がることはできずに、疲れ果てて住処に戻ったのであった。

老犬は、いつもの場所に座って遠くを眺めていた。シュウガは老犬の傍に行き、

「木の枝に何回も上がろうとしたけど、できなかったよ。だからツルも取れなかった」

と話すと、老犬は「そうか」と言ってから笑った。滅多に笑ったことのない老犬が、何

故笑ったのか、シュウガが不思議な顔をすると、

「シュウガよ。お前が今日見た猟犬は、その場で飛び跳ね上がったのではない。よく思い出してみろ」

シュウガは、今日見たことを老犬に話し始めた。

「猟犬３匹が山鳥を追い込み、山鳥が木の枝に止まって動かずじっとしていると、３匹が木の周りを走って、その中の１匹が木のツルに足を掛けたと思ったら、一瞬で太い枝に上がったんだよ」

と説明したら、老犬は、

「寒くなってきた。わしは、寝床に行く」

と言って、中に入ってしまった。シュウガも後を追って岩穴の中に入ると、コウが目を覚ました。老犬はコウのことが心配なのか、傷口を舐め始めた。シュウガは疲れたせいか寝床に入るとすぐに眠気が襲ってきたので、老犬とコウに「おやすみ」と言うと老犬が、

「シュウガよ。明日はただジャンプしてツルに足を掛けるのではなく、助走をつけてやるがいい。お前の脚力なら、簡単に上がれるはずだ」

と言った。シュウガはこれを聞き嬉しくなり、老犬に「ありがとう」と礼を言うと、老犬は続けた。

「明日は、シュウガ、草原に行きウサギを2羽同時に捕って持ってこい。同時にな」

シュウガは「分かった」と返事をしたが、ウサギを同時に捕ることなどできるのか、どういうことだ、などといろいろ考えたが、いつの間にか眠ってしまった。

次の日、シュウガはいつも通りに起きると、老犬はまだ眠っていたので、声を掛けずに森に向かった。昨夜、老犬に聞いたことを試しにやってみると、1回目は失敗したが、確かに上がれるような気がした。何回か助走をつけて行っているうちにコツが分かり、どの木の枝にも簡単に上がれるようになった。

シュウガは嬉しくなり、一番高い木に上がると、ジャンプしてその上の枝に上がった。するとそこからは草原と海が見えた。シュウガは、

「そうだ。早く草原に行ってウサギを捕らなければ」

と独り言を言って、急ぎ草原に向かった。

草原に着いたシュウガは、動かず静かに耳を澄ませ、じっとウサギの気配を探っていたが、気配を感じ取ることができなかった。そして、草原を隅から隅まで走り回ったが、ウサギどころか他の動物の気配もなかった。

シュウガは、嫌な異変を感じ立ち止まって考えていると、波の音が耳に入ってきた。何気なしに海に行ってみると、砂浜に無数の足跡を見つけた。その足跡を辿っていくと、ウ

サギの皮だけが数え切れないほど散らかっていたのであった。

シュウガは驚きよく見ると、古い皮も新しい皮もあることに気付いた。犬か狼か、どちらかの仕業だと思い、端からにおいを嗅いでいくと、新しい皮に昨日出会った猟犬のにおいが微かに残っていた。間違いなく犬の仕業だと思った。

シュウガは、老犬の縄張りを荒らしたことに腹が立ち、犬の縄張りに行こうと考えたが、まずこのことを老犬に知らせなくてはと思い、急ぎ走って住処に戻った。

老犬は、いつもの場所に座って遠くを眺めていた。シュウガは老犬の傍に行き、

「草原は荒らされて、1羽もウサギはいなかった。砂浜にはウサギの皮が無数にあって、においを嗅いだら昨日の猟犬のものだったよ」

と言うと、老犬は「そうか」と言って、しばらくしてから、

「シュウガよ。枝には上がれたのか」

と聞いてきたので、

「言われた通りに助走をつけたら、できるようになったよ」

と答えたが、今はそんなことはどうでもいいと内心思っていた。すると老犬が、

「シュウガ、今日の食い物はどうする」

と聞いてきた。確かに餌は大事だが、今聞きたいことは縄張りに入った猟犬らをどうす

るかであった。シュウガが黙っていると、コウが岩穴から片脚で跳ねながら出てきて、羽を広げたり閉じたりして、飛び立つ準備を始めた。老犬はコウに「まだ早い」と声を掛けたが、コウは海の方向に飛び立っていった。そしてしばらくするとコウは片脚の爪に魚をしっかり掴んで戻ってくると、シュウガの前に魚を落とし、また海の方向に飛んでいった。

それから老犬が話し始めた。

「シュウガよ。初代リックと狼ロルフの間には、いくつかの約束があった。互いの縄張りに入ってはいけない。獲物のメスと子供は殺さない。どうしてだか分かるか？　互いの縄張りを自由に行き来すれば、獲物の奪い合いで争いが起きる。メスや子供を殺せば、餌が少なくなり己の首を絞めることになる。犬がわしの縄張りを侵したのは、犬の数が増えているからだ。このまま増え続ければ、狼の縄張りに入るのも遠い日ではあるまい」

シュウガはこれを聞き、ユウたち狼と、犬が戦いになったらどうしようと考えていると、老犬が、

「あの子のことが心配なのか。だったら簡単だ。犬と狼を戦わせないために、シュウガ、お前が犬のボス・リックになり、犬を統制して、狼のロルフと話し合うことだ。お前には、リックと同じカンガルドッグの血が流れていることを忘れるな。そして、己のことより皆のことを優先して行動すれば、ついてくる犬がいるはずだ。あとはシュウガ、お前の器量

次第だが」

と言って、岩穴の寝床に行ってしまった。コウはまたシュウガの前に魚を落とすと、空の中に消えていった。

その晩、シュウガはもっと老犬の話を聞きたかったが、老犬はぐっすり眠っていた。老犬の代わりにコウの傷口を舐めてから、シュウガはコウと一緒に寝たのであった。

次の日、コウの異常な鳴き声で目が覚め、急ぎ外に出てみると、老犬がいつもの場所で横たわっていた。その隣で、コウが身体を震わせ鳴いていた。

シュウガはすぐ駆け寄り老犬を見ると、息をしていないことに気が付いた。老犬に声を掛けようと思っても、悲しみが込み上げ声が出なかった。ただ涙が止めどなく流れ、目の前が何も見えずにいた。

すると急にコウが飛び立ったので、シュウガは我に返り、コウに目を向けると、コウは海の方まで飛んでいき、そして迂回して物凄い速さで戻ってきたと思ったら、岩穴の上の絶壁に激突して落ちてきた。一瞬の出来事であった。

シュウガは何が起こったのか理解できずに、コウの傍に駆け寄り、何度もコウの名を呼んだが、目の前にいるコウは、目を開けたまま息絶えていた。

シュウガはコウの死を受け入れ、コウの亡骸を咥え老犬の隣に寝かせると、開いていたコウの目はゆっくり閉じたのであった。

シュウガは老犬とコウをじっと見つめ、雪が降ってきたことにも気付かず、いつまでも動くことはなかった。

計略

　雪が降る中、黒色狼数十匹が、ボス・ビライの住処に集まっていた。ビライは数日前、配下を呼び付け、犬の情勢を事細かく調べるよう指示を出していた。まず配下を代表して、1匹が口を開いた。

「ボス、調べたところ、犬の数はおよそ650匹、その中の350匹が猟犬で、60匹が大型犬の親衛隊です。他は、老犬・雌犬・若犬・小型犬がおります」

　するとビライが、

「犬のボスの名は、今でもリックか」

と聞くと、違う配下が前に出て、

「その昔、アラバイのグイシーとマスティフのオットが手を組み、二代目リックの牙を折り、僅かな縄張りを与え追い出したそうです。昔のことなのでこの2匹はすでに死んでおりますが、この孫が名前を引き継いで、グイシーとオットは互いに親衛隊になっておりますす。この2匹が、今現在の犬らを統制しているようです」

ビライは、グイシーと聞き一瞬血が騒いだが、冷静になって話を聞いていた。子供の頃から大型犬の強さは聞いていたから知っているが、それが今では60匹もいると聞き、内心驚いていた。ビライが、

「他に変わったことはないか」

と聞くと、一番後ろにいた配下が、

「実は、おかしな話を耳にしました。猟犬どもがリックの縄張りに入って山鳥を捕ったそうですが、そこにリックが現れ、その山鳥を取られたと聞きました」

ビライは、犬のボス・リックは、初代も二代目も死んだと聞いていたので、確かにその話が本当ならおかしな話だと思い、ビライはリックの縄張りに入って調べるように、配下3匹を送り込んだ。


それから数日が経ち、配下3匹が戻ってきた。ビライが、

「どうだった。何か分かったか」

と聞くと、3匹の中の1匹が、

「二代目リックは、初雪の日に死んだようです。若犬が毎日泣いていました」

「その若犬は、何者だ。リックの子か？　詳しく話せ」

「私も遠くから様子を見ていただけなので、はっきり分かりませんが、身体は大きく色は白で、耳は短く、胸の辺りに三日月模様がありました。脚は長く、首に弛みがあり、筋肉は異常なほど盛り上がっていますが、顔は子供のようでした」

と配下が答えると、ビライは先日聞いた話を思い出した。

猟犬がリックの縄張りに入って山鳥を取られたと聞いたが、この若犬がリックの名を出し取ったのに違いない。これを利用すれば時間稼ぎができるかもしれん。どっちにしても、春には犬どもの発情期が始まる。そうなれば、夏までに少なく見積もっても子の数は300を超えるだろう。そうなれば、当然犬の縄張りだけでは餌が足りない。その時戦っても、狼の勝ち目は薄い。

ビライはいろいろ考えたが、今から犬の力を削がなくては手遅れになると考えていた。そしてビライは配下を呼び、今年もアザラシが来ているか、見てくるように命じ、もう1匹の配下に黒色狼30匹を連れてくるよう命じた。

浜辺に行った配下が戻り、

「今年も数えきれないほど集まっております」

とビライに報告した。すでに黒色狼30匹も集まっていた。

ビライは、配下に声を掛け、狼の縄張り内にいた獲物らを、リックの縄張りに逃げ込むように仕向けさせた。追い込まれた獲物は、リックの縄張りに入って、その先の犬の縄張りへと走っていった。追い込んだ獲物が戻れないように、狼らは縄張りの境界線辺りで一列に横並びして静かに様子を窺っていた。そしてしばらくすると、犬の鳴き声が遠くの方から、次第に大きく聞こえてきた。

犬は、獲物を追ってリックの縄張りまで入ってきた。ビライは、前もって配下に、リックの縄張りに犬らが入ってきたら、黒色狼の半分を背後に回らせ、攻めるように指示を出していた。

辺りは白一面の景色であった。犬に気付かれないように、両方から距離を詰めていた。犬の数は7匹で、ウサギとシカを夢中で追っていた。ビライが小さく遠吠えをすると、黒色狼が一斉に襲い掛かった。犬も必死に抵抗したが、犬が1匹に対し、狼は4～5匹で掛かり、犬の身体に狼の牙が次々に突き刺さっていった。骨は砕け、皮の裂ける音がビライの耳に届くと、ビライはまた小さく遠吠えをした。これを聞いた配下は一斉に犬から離れると、ビライは犬の息の根が止まっているかを確認してから、配下を連れ引き揚げていった。

それからビライは、配下と分かれ、灰色狼のボス・グゾンの住処に走った。グゾンは、ビライが配下を連れていないのを見て、何かあったと思い、2匹だけで話し合う場所を用意した。

　グゾンはビライに「何が起きたのか」と聞くと、

「実は、あれからまた配下を使って犬らの情勢を調べさせた。犬の正確な数は、６５０匹だそうだ。その中で猟犬が３５０匹、親衛隊が60匹であった。狼が今戦える数は、２００匹くらいだと思う。今現在戦える数は、犬の方が遥かに多い。まともに戦っても、勝つのは難しい。それに、来春から夏にかけて、子の数は３００を超えるだろう。到底犬らの縄張りだけでは餌が足りない。狼の縄張りに入ってくるのは、その時期だと思う。そのとき手を打っても、間に合うまい。戦いは互いの命が懸かっている。負けたら二度はない」

　確かにビライの言うとおりだと思ったが、勝手に決めることはできない。グゾンはビライに、

「これから一緒に行って、ロルフに相談しよう」

　と言ったが、ビライは、

「今、ロルフに話してもすぐ動くことはないだろう。最愛の妻を亡くし歳をとったせいか、何事にも関心がなく、ただ毎日孫娘のユウと遊んでいるだけだ」

　と言って話を続けた。

「それに、跡目のラルヒには、この問題を解決できるほどの器量はない。結局、俺とグゾ

ンが先頭に立って戦うことになる。急ぎ手を打たなければ、狼の勝ち目はないだろう」

確かにビライの言うことには筋が通っていた。グゾンは、

「まずビライの考えを聞かせてくれ」

と言うと、ビライは先ほどすでに猟犬を7匹殺してきたことを説明し、話を続けた。

「犬らの力を削ぐには、餌を運ぶ猟犬を殺していくのが、一番の早道だと思う。餌がなければ生きていけない。親衛隊を狙えば狼にも被害が及ぶ。来春までに、猟犬をいかに少なくするかで勝敗は決まるはずだ」

ビライはグゾンに、

「手を貸してほしい。責任は俺がとる」

と言って、頭を下げた。グゾンは黙ったまま考えていたが、すでに7匹殺したとなれば、いつ犬が襲ってくるかもしれん。戦いは始まったと思い、「分かった」と返事をしたのであった。

その夜、猟犬の間では、狩りに行った7匹が戻らないので、ちょっとした騒ぎになっていた。心配した仲間が猟犬の指示官の元に行き、7匹が戻らないことを報告すると、指示官のレクは、

「雪のせいで帰りが遅れているのだろう。心配するな、明日の朝まで様子をみよう」と言うので、この猟犬は戻って指示官の言葉を伝えた。

20年前には、4匹の猟犬がいたが、ビーグルのソラの血筋は絶えてしまった。ポインターのライ、セッターのレク、ダルメシアンのコロン、この3匹の血筋は今でも受け継がれているが、純血な血統はすでに絶え、いろいろな血が混ざっていた。20年前は3匹だった猟犬が、今では350匹となり、この3分の1ずつを、ライ、レク、コロンの血筋が受け継ぎ、今では指示官となっていた。親衛隊長のボスであるオットもグイシーも、指示官には気を遣っていた。

朝になっても、7匹は戻ってこなかった。部下が指示官のライにこのことを告げた。そしてこの部下は、気になっていた10日前の出来事を打ち明けた。

「ライ様。私が聞いた話ですが、猟犬3匹が間違えてリックの縄張りに入って、山鳥を捕ったそうです。そこにリックが現れ、『わしの縄張りで狩りをしてはいけない。山鳥を置いていけ』と言われたそうです」

これを聞いて、リックの名は知っているが、すでに死んだと思っていたライは、部下に「詳しく話せ」とうながした。

「聞いたところ、リックは若犬だったそうです。そして、昨日もリックの縄張りに7匹が行くのを見た犬がいます。もしかしたら、そこで何かあったのかと」

ライは、若犬がリックのはずがないと思ったが、

「すぐに親衛隊のところに行く。お前もついてこい」

と言って、走っていった。


老犬とコウを亡くしたシュウガは、三日三晩泣いていた。四日目に気を取り直し、老犬とコウの亡骸に、寝床の下にあった小枝を山のように重ね墓を作った。そこには雪が積もっていた。

シュウガは、朝起きると以前のように老犬とコウに「おはよう」と声を掛け、森に行って獲物を捕ったり、首や脚を鍛えたりしていた。老犬が木のツルを取らせたのも首を鍛えさせるため、一日中ジャンプさせたのも脚を鍛えるためであった。シュウガは老犬の思いやりに感謝していた。

森から戻ると、シュウガは一日の練習の成果を老犬に報告していた。

「今日は、一番高い枝まで助走を付けずに、ジャンプだけで上がれるようになったよ」

と言うと、老犬の「そうか」がシュウガには聞こえたような気がした。

その夜、シュウガは老犬と出会ってから亡くなる日までの言葉を思い出していた。その

中で、意味の分からない言葉が一つだけあった。それは、老犬が亡くなる前の日の言葉だった。

「シュウガ、ウサギを2羽同時に捕ってこい。同時にな」

同時に捕ることなどできないのに、なぜ老犬がそう言ったのか、必ず意味があるはずだと思うが、いくら考えてもシュウガには分からなかった。

それから、犬と狼を戦わせないようにするには、リックを名乗らなくてはいけないのか、一日でも早く犬の縄張りに入って話し合いをする必要がある、と考えていた。

その頃、灰色狼のボス・グゾンは、配下3匹を呼んで、猟犬を殺す計画を立てていた。この3匹が十数匹の群れを作り、犬の縄張りに入るように命じた。

また同じ頃、黒色狼のボス・ビライは、30匹の群れを作り、自ら先頭に立ち、犬の縄張りに乗り込んでいった。

猟犬指示官のライは、親衛隊長のオットに、猟犬7匹がリックの縄張りに入ってそこから戻ってこないことを話すと、オットは部下を連れ、リックの縄張りに向かった。

オットらは、雪が膝まで積もっていたにもかかわらず、急ぎ前に進んでいった。リック

の縄張りの目印である大きな岩が見え、オットが、

「もう少しだ。休まず進め」

と大声を出すと、猟犬3匹が走り出し、リックの縄張りに先に入った。縄張りに入った猟犬は異変を感じたのか、雪の中に頭まで入れ、においを嗅いでいた。親衛隊の5匹も含めオットは、猟犬の異常とも思える行動に何も言えず、ただ見ていると、そのとき猟犬の1匹が、

「仲間のにおいがするぞ。ここに来てくれ」

と声をあげた。急ぎ皆で行ってみると、その猟犬は前脚で雪を掻き出し、さらに2匹が加わりにおいを追って、後ろ脚も使い雪を掻くと、確かに犬らしき姿が見えてきた。オットも部下5匹も雪を掻くのを手伝って、7匹の猟犬の屍を確認した。この無残な亡骸を目にしたオットは、猟犬3匹に、

「においで何処の何者かの仕業か、分かるか」

と聞いたが、猟犬3匹は、

「確かに強い独特のにおいは残っていますが、何のにおいか分かりません」

と答えた。犬は、狼の縄張りに入ったことがないので、狼のにおいを知らなかった。

オットは、

「リックの仕業に間違いない。気を抜くな。これから森に入る」

と言って歩き出した。

その頃シュウガは、住処を出て森に向かっていた。途中、下の方で犬の声がしていることに気が付いた。シュウガは、どんな犬が何匹いるのか興味が湧き、一足早く走っていった。

森に入ったシュウガは、一番大きな木の枝にジャンプして一瞬で上がり、そこから登ってくる犬を見ていたのであった。太った大型の犬が先頭で、それに似た犬が5匹に、猟犬が3匹、後ろからついて登ってきた。シュウガは、老犬の話を思い出していた。

「犬の縄張りには、親衛隊がいる。今のお前では、一対一で戦っても、勝つことはできん」

老犬に言われ、胸が熱くなったことを、今でも忘れずはっきり覚えている。あのときのように、胸がまた熱くなっていた。

先頭の犬がシュウガのいる木の前を通り過ぎようとしたとき、これ以上先に行かせるわけにはいかないと思い、木の上から声を掛けた。

「何処行くの？」

9匹は一斉に止まり、何処から声がしたのか左右を見渡しているが、気が付かない。そこでシュウガはまた、

「この先は行ってはいけないよ」

と言うと、皆は気づき、目線をシュウガに向けてきた。中でもオットの眼光は鋭く光っていた。

オットは、シュウガを見ながら、いろいろ考えていた。この大きな木の枝の高さは、どう見ても4メートルはある。どうやってあの枝に上がったのか、見れば確かに並外れた体だが、顔はまだ子供で、色は雪のように白く、胸には三日月模様がある。それに何より、緑色の目が鋭く光り輝いていた。オットは、数多くの犬を見てきたが、初めて見るタイプなので、これは犬ではなく狼かもしれないと思っていた。猟犬7匹を殺せる犬はいない。どんなに強い大型犬でも、4匹が限界のはずであった。

オットは冷静になって単刀直入に聞いてみた。

「お前が猟犬7匹を殺したのか」

「ぼくは知らない。殺していないよ」

「お前は犬か、狼か。名前はあるのか」

「ぼくは犬だよ。名はリックだ」

そう答えると、シュウガは枝に積もっていた雪を後ろ脚で払いのけ、そこに座り込んだ。そのシュウガの態度を見た犬は頭にきたのか、一斉に吠えたり叫んだりして、「降りてこい！　殺してやる！」と叫び散らし、木の幹に手を掛けて登ろうとしても上がれずに騒いでいた。シュウガは、ただそれを枝の上に座って眺めていた。すると親衛隊の幹部が、

「皆、静かにしろ。この若造に聞きたいことがある」

と言って話し始めた。

「お前はリックと名乗ったが、二代目リックを知っているのか」

「知っているけど、もう亡くなったよ」

「ここにいる隊長の祖父が、二代目リックを犬の縄張りから追い出したが、可哀想だと思ってこの森と下にある草原を与えてやったのだ。二代目リックが亡くなったのなら、この縄張りを返してもらおう。そうなればお前は、この島で生きていくことはできない。本当にお前が猟犬を殺していないのなら、そこから降りてきてオット様に頭を下げろ。そうすれば仲間に入れてもらえるかもしれない。早く降りて頭を下げろ」

シュウガは黙って聞いていたが、オットの名前を聞いて体中の血が熱くなり、思わず立ち上がった。そして、

「この中にオットはいるのか」

とシュウガは聞き返し、話を続けた。

「その昔、オットとグイシーが手を組んで、２匹でリックに襲い掛かり、リックの牙を折ったんだよ。牙を折られたリックは、この上にある岩山に籠もり、静かに生きていたんだ。この中にグイシーもいるのか。２匹とも卑怯な犬だ」

シュウガのこの言葉を聞いて、オットは祖父のことを卑怯だと言われ激怒した。

「いいだろう、若造。一対一で勝負してやるが、受ける度胸はあるか」

とオットが言うと、シュウガは、

「一対一なら受けるけど、信用できないよ。卑怯な犬の孫だから、危なくなればそこにいる部下が出てくるに決まっているよ」

オットが、

「俺は嘘は嫌いだ。他は絶対に手を出すな。命令だ」

と大きな声で言うと、部下も猟犬も「分かりました」と返事をした。そしてオットは、シュウガに、

「ここでは木が邪魔になる。下の草原でやろう」

と言って、皆を連れて引き返した。シュウガは、少し間を空けてから木の枝から飛び降り、走って草原に向かった。

草原では、オットの部下5匹と猟犬3匹が横一列に並び、オットが数歩前に出てシュウガが来るのを待っていた。そこにシュウガが現れオットの前に立つと、2匹は身構え、そのまま数分経っても動かなかった。先にオットが口を開き、

「若造、いい度胸だが手加減はしない。何処からでも掛かってこい」

シュウガは、「そうか」と言って数歩走り、オットの前で飛び上がり、空中でオットの頭を右前脚で叩き着地したのであった。

一瞬の早業に、オットは何が起きたのか分からなかったが、気が付くとシュウガは後ろにいた。オットは、今まで幾度も戦ってきたが、頭を叩かれたのは初めてで、ましてや背後を取られたことなどなかったので、驚いたと同時に恥ずかしくなり、無我夢中に攻撃を仕掛けた。シュウガはオットの攻撃を、後ろ脚を上手く使い身体を捻ってすべて躱した。オットは皆の手前焦り、ますます雑になっていた。見ていた部下にも猟犬にもそのことが分かった。

するとシュウガは、また大きなジャンプをして、オットの頭を叩いた。見ていた皆は、シュウガに遊ばれていると思ったが、それを口に出す者はいなかった。

それにしても、何故この若造はオットに攻撃を仕掛けないのか、皆不思議に思っていた。シュウガもまた、オットの攻撃を躱しながら、どうすれば良いのか考えていた。

攻撃はいつでもできるが、オットを倒せば犬全部を敵にしてしまう、そうなれば老犬が言った狼との話し合いができなくなり、縄張り争いが始まってしまう。

そのときだった。遠くの方から十数匹の犬の鳴き声が近づいてきた。オットにも聞こえたのか、攻撃をやめて後ろを振り返った。

そして十数匹がオットの傍に来ると、その中の1匹が、

「オット隊長、大変なことが起こりました。海辺で仲間が5匹、森で7匹が殺されました。犬の縄張り内です」

この話を聞いて、皆が驚きざわついた。

「いったい、何者が何の目的で殺すのか」

「分かりませんが、急ぎお戻りください。グイシー隊長も待っています」

オットは、この若造が猟犬を殺したのではないことがわかると、シュウガの傍に行き、

「若造、俺が勘違いをしたようだ。許してくれ」

と言って、素直に頭を下げた。

「いずれお前とは、もう一度戦ってみたい。だから本当の名前を教えてくれないか」

シュウガは、オットの性格が真っ直ぐだと知り、正直に答えた。

「ぼくの名はシュウガ。オット隊長は強いから、二度と戦いたくないよ」

オットは、シュウガのこの言葉を聞いて、皆の手前顔を立ててくれたことに内心感謝をしていた。

「シュウガ。覚えておく。また会おう」

オットはそう言って、部下と猟犬、皆を連れて引き返したのであった。

シュウガは、皆の後ろ姿を黙って見送ると、また1匹になったせいか、何故か寂しさが込み上げてきた。それを振り払いたくて、住処まで全力で走った。そして、老犬とコウが眠っている場所に行くと、シュウガは老犬に話しかけた。

「狼が先に動いたよ。ぼくは、どうしたらいいの？　このままでは戦いが始まってしまう。ぼくは、リックのような大きな器ではない。到底リックにはなれないよ」

ちょうどその頃、黒色狼のボス・ビライと、灰色狼のボス・グゾンは、犬に対し次の手を打っていた。

対面

オットは、縄張りに戻るまでシュウガのことを考えていた。本当に猟犬を次々殺しているのが狼だとしたら、生死を懸けた激闘になる。そうなれば1匹でも多くの戦える仲間が欲しい。あの若造シュウガを、どうにか引き入れる手はないものかと考えていた。すると猟犬が、

「オット隊長。グイシー隊長をはじめ幹部らが洞窟で待っております。私ら猟犬は、指示官のライ様の元に行きますので、ここで失礼します」

と言って、猟犬数十匹はオットと分かれた。オットは部下5匹を連れて洞窟に入ると、グイシー、コロン、レクが、それぞれ数匹の部下を連れ話し合っていた。オットは洞窟に入ると、

「どうして狼の仕業だと分かったのだ」

と聞くと、猟犬の指示官であるコロンが、

「部下が言うのには、猟犬の亡骸を調べたところ、犬と同じ歯型が多数あった。歯型は深

く、中には骨まで砕かれていた者もいたそうだ。海辺で殺された犬も、森で殺された犬にも、同じ歯型が付いていた。狼を知っている犬は1匹もいないが、あれだけの咬合力を持っているのは狼としか考えられない」

これを聞いたグイシーは、

「狼だと分かったからには、皆をすぐ集め、これから狼の縄張りに乗り込んで、殺された猟犬の仇をとろう。これ以上の話し合いは無用だ」

グイシーは、犬の中でも一番気性が荒く、後先考えない性格であった。これを聞いた猟犬の指示官であるレクが反対した。

「まずはどうして狼が犬の命を奪うのか、必ず理由があるはずだ。それに狼のことは何も知らない。狼の勢力を先に調べてからでないと、戦いはできない。無闇やたらに攻めれば、どんな罠が仕掛けられているやもしれん」

グイシーとレクの意見が割れ、この2匹は同時にオットの顔を見た。オットは、少し考えてから、

「ここはレクの言うように、狼のことを調べてから、また皆で判断しよう」

と言うと、グイシーはそれを聞き「生ぬるい」と一言言って洞窟を出ていった。オットは残った仲間と朝まで話し合ったが、結局結論は出なかった。

その頃シュウガは、朝早く起きて老犬とコウが眠っている場所の前に座り、

「ぼくは、どうしたらいいの。ユウのいる狼と犬を戦わせたくないよ。ぼくには何もできないと思うけど、これから犬の縄張りに入って話し合ってみるよ。しばらく住処には戻れないと思うけど、必ずまた戻ってくるよ」

と挨拶すると、走って森をくだり、草原を抜け海沿いの道を東に進んでいった。歩きながら犬のにおいを気にしていたが、雪のせいか、においも気配も感じなかった。それでもシュウガは、そのまま構わず真っ直ぐ歩いて行った。

すると、遠くの方で海鳥が5〜6羽まとまって、雪の地面に向かって何かを攻撃しているように見えた。シュウガは、この海鳥を見て、腹が減っているのに気付き、この海鳥を捕ることを考えた。

まず気配を消し、海鳥にゆっくり近づいていくと、小さな動物2匹を海鳥が攻撃していた。神経を海鳥に集中したシュウガは、一気に勢いよく飛び上がった。また海鳥も危険を察知して、空に向かって一斉に飛び立ったが、シュウガは空中で1羽、手で叩き落とすと、もう1羽を口に咥え着地した。そして地面を見ると、気を失った海鳥1羽と、動物が2匹いた。この動物は、海鳥に襲われ怖かったのか、体が震えていた。シュウガがこの2匹に顔を近づけると、この2匹は「ありがとう」と言ったので、シュウガは子犬だと思い、

「ここは、犬の縄張りだね。親衛隊長のオットに会いたいんだけど、オットは何処にいるの？　案内してもらえるかな」

と言ったが、２匹は首を傾げ返事をしない。シュウガはもう一度、

「犬のボス・オットは何処にいるの？」

すると２匹は、

「ぼくらは、犬の縄張りには入れないよ。オットという名も知らない」

シュウガが何を言っているのか理解できないでいると、

「ぼくらは猫だから、犬の縄張りには入れないんだよ」

シュウガはこれを聞き、犬の縄張りを通り越してきたことに気付いた。でも早くオットに会わなければと思い、

「犬の縄張りは何処にあるの？」

と２匹に聞くと、２匹は不思議そうな顔をして言った。

「あなたは犬なのに、どうして犬の縄張りが分からないの？」

シュウガは、理由を話せば長くなってしまう、どう話せばいいのかと考えていると、２匹は同時に、

「あなたは、猫の縄張りに入ったのだから、老猫に挨拶していかないといけないよ。さ

あ、ついてきて」

と言って歩き出した。シュウガは内心困ったが、

「分かった。その前にこの鳥を食べてからにしよう」

と言って、目の前に置いてある鳥を1羽、両手で押さえて羽をきれいに毟り取った。シュウガの犬歯はいつの間にか生え揃い、太くて長い牙となっていた。2匹は鳥を毟っていた時、シュウガのその鋭い牙を見て怖くなったが、食べやすいように鳥肉を分けてくれたので、彼の優しい一面を感じていた。

もう1羽も素早くさばき、柔らかな肉だけを子猫の前に置き、残りは骨まできれいに食べたのであった。

そしてシュウガは、子猫の後についていったのでは時間が掛かると思い、2匹の前に自身の身体を伏せて、

「さあ、早くぼくの背中に乗って」

と言うと、2匹の子猫はためらったが、乗ることにした。シュウガは、

「道が分からないから、教えて」

と言いながら立ち上がり、子猫が落ちないように気を遣った。子猫は、

「遠くないよ。この道を真っ直ぐ行くと、雪がない場所があるから。そこの岩山が猫の冬

場の住処だよ」

と答えた。シュウガは、歩いているうちにだんだん雪がなくなってきたことに気が付いた。それと同時に地面が温かく感じた。どういうことか、不思議に思いながら歩いていると、子猫が言った。

「もう、ここで降ろして。この目の前にある岩山が住処だよ。あ、そうだ。あなたの名前を教えて」

「ぼくはシュウガだよ」

「シュウガ、ここで少し待っていて。老猫に話してくるから」

少し待っていると、子猫2匹がシュウガを迎えに戻ってきて、

「老猫に話してきたよ。中に入って大丈夫だから、ついてきて」

と言って、2匹は岩山を回り込み、小さな穴の前に止まると、「ここが入り口だよ」とシュウガに教えた。シュウガは穴を見て、

「ぼくには、入れないよ」

と言って、顔を穴に近づけてみせた。

「心配ないよ。今からこの穴を広げるから」

すると3匹の親猫が姿を現し、穴の下の砂を前脚で掻き出していた。それを見てシュウ

ガも前脚を使って手伝うと、穴はみるみるうちに大きくなり、無理をすれば中に入れるくらいの大きさになった。

子猫が先に入ってシュウガを呼んだので、シュウガは頭を入れ、体を捻り、脚を伸ばして中に入った。中は思っていた以上に広く、岩のひび割れからいくつもの光が差し込んでいた。そして、この洞窟の中は春のように暖かく心地よかった。子猫の後をゆっくりついていくと、5～6匹固まった群れがいくつもあり、皆シュウガを見ていた。

そんな猫の横を通り抜け、奥に進み突き当たりまで行くと、一段高くなっていた岩場の上に、毛並みの長い猫が横になっていた。2匹の子猫は、老猫に、

「先ほど話したシュウガを連れてきました」

と言って、老猫の前に座った。シュウガは老猫と目が合ったので、

「ぼくの名前はシュウガ。犬の縄張りを探していたら分からなくなってしまい、途中子猫と会ったんだ。そしたら、猫の縄張りに入ったから老猫に挨拶しないといけないと言われ、ここに来たんだよ。猫の縄張りに入ってしまい、ごめんなさい。すぐ犬の縄張りに行かなければならないので、これで出て行くよ」

と言って、シュウガは老猫に背中を向けようとしたとき、老猫が口を開いた。

「シュウガ、待ちなさい。話はそこのラーとクーから聞きました。海鳥から救っていただ

き、ありがとうございます。ここ最近、大きな鳥が来なくなったので、海鳥が来るようになり、大変困っていました。子猫には海沿いの方に行かないように何度も言っているのですが、ラーとクーはこれで懲りたことでしょう」

シュウガは大きな鳥と聞いてコウのことだと分かったが、口には出さずに話を聞いていた。

「シュウガ、もう少しで日も暮れます。今日はぜひ、ここに泊まってください。あなたに聞きたいこともあります」

シュウガは困ってしまい、返事をためらっていると、ラーとクーが、

「泊まってよ、お願いだから」

と何度も言うので、シュウガは明日早く出て行くことに決め、「分かったよ」と返事をした。老猫は若猫を呼んで、シュウガに食べ物を用意するように命じた。

「シュウガ、座りなさい。先ほどあなたが気になることを言ったので尋ねますが、犬の縄張りを探していたというのは、どういうことですか？」

シュウガは、この話をしたくないと思っていた。話せば長くなるし、母さんや老犬の話もしなければならない。下を向いて黙っていると、何か理由があることを察したのか、老猫から話し始めた。

「私は、この島に来て20年が経ちます。生まれて4カ月の頃、この島に来て住むことになったのです。私は、人間の手で何不自由なく大事に育てられました。そしてある日、人間の手で海に投げ込まれ、必死に泳いでこの島に辿り着いたのです。それでも人間を恨んだことはなく、今でもあの昔の楽しかったことを懐かしく思い出します」

シュウガは、人間と聞いてマイクじいさんを思い出したと同時に、人間のことを知っている老猫に驚いた。

「あなたは知らないと思うけど、昔、リックという犬のボスがいました。リックは猫のことを心配して、毎日というほど、猫の縄張りに餌を持ってきてくれました。私は、彼が来るのが楽しみで、いつも縄張りの入り口で首を長くして待っていたものです。リックは、いつも若犬を何匹か連れ、野ウサギやイノシシ肉を持ってきてくれました。その頃の猫は、狩りができず食べ物に困っていました。私は、ウサギの肉が大好きで、今でもこの味を思い出し、当時のことを懐かしがっているのです。彼がいなければ、あのとき猫は絶えていたでしょう。リックが亡くなったことを知ったときは、本当に悲しかったです。それから犬との交流は一切なくなりました。シュウガ、あなたは何処となくリックに似ていますね」

シュウガはリックと聞いて、老猫に尋ねた。

「その後、リックの子供のことも知ってるの？」

「リックとアムの間にオスの子が生まれたことは知っていますが、その子と会ったことはありません。昔の噂ですが、二代目リックは、犬の縄張りから出されたと聞いたことがあります。おそらく今では、何代もボスが代わっていることでしょう」

シュウガは、老犬の話が聞けると思い胸が一瞬熱くなったが、聞けないと知りまた黙り込んでしまった。

そのとき、若猫が次々に何かをシュウガの前に置いていった。今まで見たことのない食べ物が山のように置かれたので、シュウガは驚き老猫の顔を見ると、

「さあ、シュウガ。食べなさい」

と言うので、一口食べると、シュウガは思わず「うまい」と声を出して、老猫に「これは何？」と聞いた。

「これは、岩つばめといって、冬になるとこの岩山にたくさん集まってくるのです」

「こんな小さな鳥、初めて見たよ」

よく見れば、羽がきれいに取ってあった。確かにいつも食べている山鳥や海鳥に形は似ているが、数倍うまく感じた。シュウガは、あっという間に食べつくした。シュウガの食

べっぷりを見て、老猫は目を細め微笑んでいた。若猫がまた来て、シュウガの前に岩つばめを置いていったが、シュウガはそれを食べ終わると、

「もうお腹いっぱいだから、いらないよ」

と言って、老猫の顔を見た。老猫は静かに、

「シュウガ、もう一度あなたに聞くけど、犬の縄張りが分からないというのは、どういうことですか？」

シュウガは話すかどうか迷ったが、老猫の話し方には優しさや思いやりを感じていた。

「実は、ぼくもあなたと同じで、人間の家で生まれたんだ。3カ月くらいマイクじいさんに可愛がられて育てられ、ぼくもマイクじいさんが大好きだった。ある日の朝、突然マイクじいさんが、ぼくと母さんの首に干し肉を巻いて、いつもと違う表情で、母さんに走れと言ったんだよ。ぼくは母さんの後を一生懸命ついていき、海沿いの丘に着いたのは夕方だった。母さんは丘から来た方角を見て涙を流し、とても悲しそうだった。それから母さんと魚や鳥を捕って、毎日が楽しかったけど、ある日の夜、母さんと船に乗ったんだよ。でもその船に乗っていた人間に見つかり、危険を感じた母さんとぼくは、海の中に飛び込んで、必死に泳いだんだ。もうこれ以上泳げないと思ったとき、海に浮いていた流木を見つけると、母さんがぼくを、最後の力を振り絞って乗せてくれたんだよ」

シュウガは、そのときのことは思い出さずにいようと我慢していたせいか、声が震え涙が溢れてきたが、話を続けた。

「母さんは、力尽きて海の中に消えていった。ぼくはそれを見て意識を失って、気が付いたら、この島の南の海際にいたんだ。そしてぼくは、ユウという名の狼の子に水や餌を毎日もらって、命を助けてもらった。それから老犬と出会い、一緒に暮らしたんだけど、老犬が亡くなり、ぼくは老犬の縄張りを守ってこの島で生きていくと決めていたら、犬が来て猟犬を殺したのはぼくだと言いがかりをつけてきたんだ。ぼくではないことは分かってくれたけど、猟犬を殺したのは狼だと分かった。ぼくとしては、狼の子に命を助けてもらい、老犬にも計り知れない恩があるので、どうしても狼と犬を戦わせたくないから、まずは犬と話し合いがしたくて、犬の縄張りを探していたんだよ」

「そうでしたか。よく話してくれました。犬と狼が戦えば、この縄張りも今のままではいられないでしょう。シュウガ、今日はゆっくり休んでください」

傍にいたラーとクーが「シュウガ、ついてきて」と言って、寝床に連れていった。ラーとクーは、シュウガのことが好きになったのか、離れようとしなかった。

シュウガは、明日のことを考えながら目を閉じると、いつの間にか眠ってしまった。すると真夜中に遠くの方から何かざわついた声が耳に入ってきた。よく聞き取れないが、どうやらこれから狩りに出かけるようであった。シュウガは、猫の狩りを見たくなり、胸元で寝ていたラーとクーを起こさないように気を付け、そうっと立ち上がって、声のする方へゆっくり歩いていくと、若猫が何十匹も集まっていた。その中の指示官らしい猫に、シュウガは声をかけた。

「狩りに行くなら、ぼくも連れていってくれないかな。邪魔はしないよ」

その若猫は、「いいよ、ついてきな」と言ってくれたので、シュウガは一番後ろについていき、また小さな入り口を、体をよじりながら外に出た。

猫の足は思っていた以上に速かったが、シュウガはすぐに追い付き、走りながら問いかけた。

「これから何を捕るの?」

「昨夜、あなたが食べた岩つばめだよ」

「ぼくにも捕れるかな」

「あなたには無理だと思うよ」

返事が返ってきたと同時に足が止まった。シュウガが、

「岩つばめは何処にいるの?」

と聞くと、猫が一斉に上を見た。それは垂直に切り立った岩山であった。

「あなたは、ここで待っていて」

とシュウガに言うと、猫は次々に絶壁を素早く登っていった。シュウガは、何もできずにただ待っているだけの自身が恥ずかしかった。何か手伝いができることはないかと考えていた。猫は上から次々に岩つばめを咥え戻ってくると、シュウガの前に置きまた登っていった。シュウガは、「そうだ。これならできる」と思い、大きい声で、

「捕った岩つばめを住処に置きに行ってくるよ」

と言って、岩つばめを咥えやすくまとめると、口いっぱいに入れ、急ぎ住処に走っていった。シュウガの足は速く、住処まで何往復かして戻ると、猫の狩りの方が間に合わないほどであった。

辺りが少し明るくなって日が昇り始めた頃、猫の狩りは終わり、皆で岩つばめを咥え、住処に戻ることにした。

戻る途中にシュウガは、何か気配を感じ取ったので、皆に止まって動かないように言い、ゆっくり歩いて左側の大きな石の裏側に入ったそのとき、2羽の大きな鳥が飛び立った。それを見ていた猫は皆、逃げられたと思ったが、シュウガは後ろ脚で地面を蹴ると、2羽の鳥に追いついたと思ったら、2羽が同時に落ちてきた。これには猫も皆驚いた。落ちた2羽の鳥には、しっかりと歯の跡が付いていた。シュウガは2羽とも、あっという間に羽

を毟り取ると、

「ぼくが昨夜、岩つばめをたくさん食べたせいで狩りに出かけることになってしまい、ごめん」

と言い、鳥を細かく食べやすいようにすると、「皆食べて」と声を掛けた。すると1匹が前に出て、

「俺の名はソマ。シュウガ、よろしくな。皆、もらって食べようぜ」

と言って、食べ始めた。シュウガは、

「ところでソマ、猫の縄張りにはボスがいないの？」

と聞くと、

「猫は犬と違って、特に厳しい規則や順位はないけど、しいて言えば生まれた順かな。猫は、先に生まれたものを大事にするんだ。そういう意味では、老猫が一番長生きしているから、犬で言うボスと同じかな。ただ、完全に違うのは、俺ら猫は皆家族なんだよ」

と話してくれた。シュウガは、

「皆家族って、どういうこと？」

ソマは、

「これを話すと、ややこしくて俺も頭がおかしくなるんだ」

と言って、話し始めた。

「老猫がこの島に住み着いた頃は、何種類もの猫がいたそうだ。人間は、血統とかにこだわるらしく、同じ種類の血統の良いもの同士を選んで、つがいにして子を産ませるらしい。そして、目・鼻・口・耳・尾・脚・体形や毛の長さ、色までも決まりがあり、すべて整っている猫は、人間が特別大事に育てるそうだ。この島に辿り着いた犬も猫も、この血統とかが良かったと聞いているよ。人間の手で何不自由なく育ったせいか、猫は狩りが全くできなかったが、犬のボスがそれを心配して、初めの頃は餌を運んでくれたと聞いている。もし、犬のボスが餌を持ってきてくれなかったら、猫は1匹も生き残れなかっただろうな。でも、餌があっても短毛の猫は、寒さのため皆死んだそうだ。今の住処が早くに見つかっていれば、命を落とさず済んだのに。

この島に辿り着いた猫は29匹と聞いたが、僅か3カ月で3匹残っただけだった。オスのノルウェイジャンのワイヤー、メインクーンのジャム、そしてメスのペルシャのヤン――彼女が老猫だよ。こっからの説明がややこしいから、シュウガ、よく聞いてくれ。

老猫は、まず初めにノルウェイジャンのワイヤーと一緒になって、子ができた。ワイヤーが死ぬと、次はメインクーンのジャムと一緒になって、また子ができた。ワイヤーとジャムの子が一緒になって、また子が生まれた。とにかく、この島の猫は皆、老猫の血が入っているということだ」

シュウガは、途中から意味が分からなくなったが、「分かった」と返事をした。ソマが、

「皆、そろそろ住処に戻ろう」

と声を掛けると、鳥の骨を舐めていた猫も立ち上がり、皆で岩つばめを咥え住処へと走っていった。シュウガは走りながらソマに、

「犬の縄張りは大体分かるけど、犬が何処にいるか分からないよ。ソマは知っているの？」

と聞くと、ソマは止まって、

「シュウガ、左の方、遠くに1本大きな木が見えるだろう。あの木を目印にして、向こう側が犬の縄張りだよ。俺も一度も行ったことがないので、詳しくは分からないが、たぶん上に向かって森を抜ければ、犬がいると思う」

シュウガは、「分かった、ありがとう」と礼を言って、2匹はまた走り出した。

シュウガは、猫の住処に戻ると、寝床に向かった。すでにラーとクーは目を覚まして

シュウガの帰りを待っていた。シュウガは2匹に声を掛け、

「犬の縄張りに行くから、老猫のところに連れていって」

と言うと、ラーとクーは寂しげに頷いた。

シュウガは老猫の前に立つと、

「これから犬の縄張りに行くよ。いろいろ教えてくれてありがとう」

と挨拶すると、老猫が、

「シュウガ、あなたに一つだけ尋ねます。もし犬と狼があなたの話を聞かなかったら、あなたはどうします？」

シュウガは、

「もし話を聞いてもらえないそのときは、またここに来て、老猫に相談するよ」

老猫は微笑み、

「いつでも待っています」

と言ったのであった。

話し合い

犬の縄張りでは、噂は一夜にして犬全体に広がり、猟犬が狼に殺されたことが知れ渡って大変な騒ぎになっていた。猟犬や小型犬の中には、

「日頃、狩りもせずに威張っているくせに、いざとなれば親衛隊は何もできないのか。こういう事態のためにいるんだろう。狼の縄張りに行って、ボス・ロルフと会い、何故猟犬を殺したのか、理由だけでも聞いてくるのが当たり前だ。普段大きなことを言っていても、所詮は狼が怖いのか」

と陰口をたたく犬も出てきた。しかしこのことを直接親衛隊に言える犬はいなかった。

洞窟内では、今日も一晩中話し合いが行われたが、結局結論は出なかった。グイシーはまた戻ってきたが、攻撃するの一点張りで話にならず、オットが、

「もう時間がない。早く結論を出そう」

と言うと、指示官であるコロンとレクは、

「俺ら2匹は同じ考えだ。まず狼の縄張りに入るグループをいくつか作り、狼の様子や勢

力を細かく調べさせよう」

ライは、

「それなら、猟犬の中でも足の速い犬3匹ずつを、五つのグループにして送り込んだらどうだろう」

オットが、

「いや待て、もしや狼と戦うことになるかもしれん。親衛隊も出そう」

と言ってグイシーの顔を見たが、横を向いて返事もしなかった。オットは、

「五つのグループに親衛隊を2匹ずつ入れることにする。猟犬の足手まといにならんように、なるべく足の速い者を選ぶから、心配するな」

コロンとレクは、

「では早速、段取りをする」

と言って、洞窟を出て行った。オットはグイシーに、

「狼をよく調べれば、弱点も分かるかもしれん。犠牲は少ない方がいい」

と言っても、グイシーは横を向いて黙っていた。

その頃シュウガは、ラーとクーとソマに見送られ、猫の住処を後にした。

ゆっくり歩いていくと、温かな石の地面は終わり、辺りはまた雪景色となって、足元は冷たく感じていた。遠くに見える大きな木を目印に歩いていると、様々なことが頭の中を駆け巡り、ふと思い出した。

それは、朝方鳥を2羽捕ったときのことだった。シュウガは、空中で1羽を手で落とし、もう1羽を咥えようと考えていたが、鳥が一瞬早く飛び立ったせいで手を使うことができなかった。とっさに1羽を噛んで、2羽目も落とすことができたが、これは偶然にできたことだった。今また老犬の言葉を思い出した。

「シュウガ、ウサギを2羽同時に捕ってこい。同時にな」

あのときは、老犬の言っている意味が全く分からなかったが、今初めてこの意味が分かったような気がした。一対一の戦いなら、逸早く敵の首や耳を取れば有利になるが、二対一では逸早く敵の首を取っても、もう1匹に何処かしら取られてしまう。その前に1匹を一撃で倒さなければならない。老犬は、グイシーとオット、二対一で戦い、このことを知ったのか、だからぼくに教えようと思ったのか、シュウガは心の中で改めて老犬に感謝したのであった。

遠くに見えた大きな木が、いつの間にか目の前に立っていた。シュウガは、この大きな木を一回りしてから、4メートル超えの枝に一瞬で上がり、またその上の枝へと上がっていった。そして、一番上まで行って辺りを見渡すと、頭上の太陽が雪に反射して輝いていた。来た道を目で辿っていくと、猫の縄張りの形まではっきり分かった。

シュウガは、もしかして老犬とコウが眠っている住処も見えるのではと思い探したけれど、遠すぎて見つけることができなかった。

犬の縄張りの森は間近で、この森を抜ければ犬がいると思うと胸が騒ぎ、早くオットに会わなければと思うのであった。シュウガは木の枝から降りると、走って森を抜け広場に出た。すると犬の声が聞こえてきたので、その方向に行ってみると、小さな犬が7匹で遊んでいた。まるで猫と同じくらいの体形であった。シュウガは珍しく思ってしばらく観察していたが、子供の犬ではないことに気付いた。

シュウガは、ゆっくり小さな犬に近づき、声を掛けた。

「オットに会いに来たんだけど、オットは何処にいるの？」

遊んでいた7匹は驚いた顔でシュウガを見ると、その中の1匹が空に向かって何度も吠えたのであった。

すると広場の周りから次々に犬が現れ、あっという間に何百といった犬に囲まれてしまった。その中を割ってシュウガの前に現れたのは、目の鋭い猟犬だった。シュウガは平然とした態度でこの猟犬に向かい、

「ぼくの名はシュウガ。オットに話があって来たんだ。オットは何処にいるの？」

と聞くと、周りの犬が異常なほどざわつき、中には、

「オットって、あのオット様のことか。シュウガとは、例の犬か」

など、いろいろな声が聞こえてきたが、この猟犬が「皆静かにしろ」と制止した。

「あなたがシュウガか。噂は聞いている。俺の名はレク。指示官3匹の中の1匹だ。オットに話してくるが、何の用だ」

シュウガは何故自分の名を知っているのかと不思議に思ったが、

「とにかく、オットに大事な話があるんだよ」

レクは、

「少しここで待っていてくれないか。オットは、俺が連れてくる」

と言って、走っていった。その後を数匹の猟犬がレクを追って消えていった。残ったシュウガは周りをゆっくり見渡したが、敵意を持っていそうな犬はいなかった。皆、珍しそうな顔をしてシュウガを見ていた。

実は、シュウガの名は、犬の縄張り内では知れ渡っていた。オットとの戦いを見ていた猟犬が、縄張りに戻ると得意そうに一部始終を語ったからであった。このことを知らないのは、グイシーとその部下だけだった。

レクは洞窟に入ると、グイシーには聞こえないように、

「広場にシュウガが現れた。オットに話があると言っているが、どうする」

オットは、

「シュウガが来たのか。すぐに会いたい」

と言ってその場を立つと、急ぎ広場に走っていった。オットはシュウガを見ると傍に駆け寄った。

「先日は、俺が勘違いして悪かった。しかしよく来てくれたな」

「ぼくは、オットに話があって来たんだよ」

オットはシュウガに呼び捨てにされても顔色を変えず、機嫌良く、

「何でも聞こう。さあ、話してくれ」

普段と違うオットの態度に、皆が驚いていた。シュウガは、

「何故、狼が犬を殺すのか。それには必ず理由があるはずだよ。ぼくが、狼のボス・ロルフに会って聞いてくるから、犬から狼に戦いを仕掛けないでほしいんだ」

「お前ひとりで行くというのか。ロルフに会う前に殺されるぞ。やめておけ」

オットは、シュウガのことを本気で心配しての言葉であったが、シュウガは聞く耳を持たなかった。

「行ってみなければわからないよ。とにかくぼくは、これから狼のところに行ってくるよ。ぼくが帰るまで、動かず待っていてほしいんだ」

そのとき、後ろの方から、

「何くだらん話をしてるんだ」

と言って、前に現れたのはグイシーだった。オットが急に洞窟を出て行ったので、グイシーはなにかあったと思い、オットの後を追ったのであった。

「オット、こんな若造の話を聞いていたのか。この若造は見かけない顔だが、この縄張りのボスに向かって呼び捨てだと、ふざけた話だ。まずは口の利き方から教えてやれ。若造如きがロルフに会うだと？　お前は、頭がおかしいのか。若造、俺がこの縄張りのもう1匹のボス、グイシー様だ」

と言うと、シュウガは一歩前に出て、

「お前がグイシーか。会いたかったよ。どう口の利き方を教えてくれるんだ？　早く教えてみろ」

この言葉を聞いた犬は、大変なことになったと思い、皆グイシーとシュウガから離れた。その後すぐ、グイシーの部下が前に出て、

「グイシー様になんという態度だ。俺が教えてやる」

と言って、シュウガに飛び掛かっていった。いつの間にか広場は右列と左列に分かれ、皆静かに戦いを見ていた。

シュウガは、飛び掛かってきた親衛隊の攻撃を素早く躱し、高々とジャンプして降りてきたと思ったら、すでに親衛隊の後ろの首をしっかり咥えていた。そして首も振らずにそのまま立っていた。後ろの首を取られた親衛隊は、手足をバタつかせ必死になって外そうともがいたが、シュウガの身体はビクとも動かなかった。それを見ていた周りの犬たちは、シュウガの首の力と噛む力に驚いた。

オットが「勝負あり」と言って、シュウガに離すように言うと、シュウガはゆっくり離した。グイシーは、

「甘いな若造。首の後ろなど、いくら噛まれても、弛みのある犬には痛くも痒くもない。オットが止めなければ、お前はやがて疲れ、離してしまう。そのとき部下の反撃を食らって、お前は死んでいた。止めたオットに礼を言っておけ」

シュウガは、

「つべこべ言わずに、早く掛かってこい、グイシー」

と言って、怯まない。グイシーは、一歩一歩ゆっくり近づき、間合いを計り一気に頸動脈を狙い、大きな口を開け襲い掛かっていった。シュウガは、その大きな口の中に自身の

口を入れ、身体を捻ると同時に回転すると、骨が砕けるような鈍い音がした。そのとき、オットの前に白いものが転がってきた。オットは、「あっ」と思い、それを口の中に入れ、勝負はついたと内心で思った。シュウガとグイシーは、互いに口を離すと、口の周りが真っ赤に染まっていた。それでもグイシーは、何度もシュウガに攻撃するが、全て躱され思うようにいかず、グイシーはただ狂ったように暴れているだけに見えた。見ていた周りの皆は、何故シュウガは攻撃しないのか、不思議に思っていた。

グイシーはやがて疲れ、立っているのもやっとの状態だったが、どうしても負けを認めるわけにはいかなかった。そんなグイシーの傍に行き、オットは、

「もういいだろう、グイシー」

と声を掛けたが、グイシーは表情も変えず返事もしなかった。ちょうどそのとき、後ろの方から悲鳴のような声が聞こえ、皆がざわついた。

朝、狼の縄張りに様子を調べに行った猟犬が、血だらけで帰ってきた。よく見ると耳はちぎれ、首や腰の皮はめくれ、肉が飛び出していた。

レクと数匹の猟犬が駆け寄り、傷口を舐め血止めをしたが、この猟犬は「狼……」とだけ言って息を引き取った。狼の恐ろしさを知った犬は、しばらく口を開くことはなかった。

シュウガはオットに言った。

「これから、狼の縄張りに入ってロルフに会いに行くよ」

「待て、シュウガ！」

オットは大きな声で止めたが、シュウガは振り向きもせず走っていった。オットはグイシーの傍に行き、話があるからと言って洞窟に連れていった。そして、他の犬を外に出して、まだ興奮が醒めないグイシーに話し始めた。

「実は、グイシー、俺も幾日か前にシュウガと戦って、負けたよ」

グイシーは、

「俺は負けていない！　あの若造は必ず殺してやる！　オットが止めたからだ！」

と喚き散らし、話も聞こうとしない。

「まだ分からんのか。いい加減、目を覚ませ」

と言って、オットは口の中に入れていた白いものを、グイシーの前に置いた。

「これは何だ」

「このことを知っているのは、シュウガと俺だけだ」

グイシーはもしやと思い、右脚を口元辺りに当て確かめると、右の犬歯（牙）がなかった。グイシーは肩を落とし、

「オット、俺は引退する。牙のない犬は猫より劣ると言うからな。これからはオットがこ

の縄張りのボスとして統括してくれ」

「俺もまたシュウガに負けた身だ。犬を束ねる資格はない」

「しかし分からん。あの若造、俺の牙を折っておきながら、何故殺さなかったんだ」

「俺にもそれは分からんが、シュウガと初めて会ったときは、リックと名乗っていた。二代目リックと関係があるのは間違いあるまい」

「二代目リックは、俺の祖父とお前の祖父が、この縄張りから追放したと聞いている。もしこの件でシュウガが恨みを持っているとしたら、俺ら2匹は殺されていたはずだ」

「理由はシュウガに聞くしかあるまい」

「今、シュウガは何処にいる？」

「狼のボス・ロルフに会いに行くと言って出て行った」

オットが答えると、グイシーは叫んだ。

「何故止めなかったんだ。殺されてしまうぞ！」

「あのとき、追いかけても止めるべきだったと後悔している」

オットは寂しそうに答えた。いつの間にか、この2匹はシュウガのことを心配するほど気になっていた。

犬の縄張り内では、シュウガと狼の話で何処も大変な騒ぎになっていた。ある猟犬の住処では、小型犬も集まり、シュウガの話をしていた。シュウガとグイシーの戦いを一部始終見ていた犬は、自身の思いや感想を述べている犬もいれば、説明している犬もいた。

「どうしてシュウガは、グイシー様から逃げてばかりで攻撃をしなかったの？」

「それはやっぱり、グイシー様の迫力に圧倒され、何もできなかったんだ」

「そういえば、幾日か前にオット様と戦ったときも、攻撃を躱しているだけで終わったらしいよ」

「でもよ。親衛隊の首を咥え持ち上げたときは、驚いたよな。１００キロはあるからな」

「だが、首を咥えたとしても弛みもあったし、後ろの首では痛くもないだろう」

「まだ若いから、喧嘩が下手なのは無理もないさ」

こんなことを話していると、ある老犬が口を開いた。

「お前らは、何もわかっていない」

皆は老犬を振り向き、言葉を待った。この老犬は、若い頃は喧嘩ばかりして、手の付けられない猟犬だった。あるとき、親衛隊と喧嘩になったが互角に戦い、その強さは皆が認めた犬であった。5年前に引退して、今は子供らの面倒を見ていた。老犬は話し始めた。

「シュウガというあの若犬は、わしの知る限り、あれほど優れた犬を見たことがない。あれには生まれ持った戦うための才能がある。それに頭も良い。

まず親衛隊と戦ったときだが、シュウガは敵の喉元を取ることは簡単にできたはずだが、あえて後ろの首を取り、身動きを封じた。わしが思うには、敵に怪我をさせないようにしたのだ。シュウガには、それだけの余裕があった」

すると、これを聞いた小型犬が、不満をもらした。

「俺は、毎日アイツにこき使われているんだ。怪我をさせてほしかったよ」

「お前の気持ちは分かるが、シュウガは初めから親衛隊など眼中になかった。ここでも分かったことは、シュウガの首の力と噛む力、それに脚の力だ」

皆は頷きながら老犬の話を聞いていた。老犬は続けた。

「グイシーが一歩一歩シュウガに近づいていったとき、シュウガは身体を少しずらし、首を上げわざと隙を作った。その隙を見逃さず、グイシーは攻撃を仕掛けたわけだが、結果シュウガの口の周りには血が付いていただけで、グイシーの口からは血が滴り落ちていた。勝負はこの一瞬で決まった。だからシュウガは、それ以上攻撃せずにグイシーを躱していたんだ。しかも2匹を相手にしても、息も切れずに平然としていた。シュウガの持久力は並外れている」

と言うと、また小型犬が、

「日頃、狩りもせずに威張っているくせに。グイシーのあの慌てた顔を思い出すと、おかしくて笑っちゃうね」

と言って皆で大声で笑っていたが、この老犬だけは、狼の縄張りに行ったシュウガのことが心配で、笑うことはできなかった。


その頃シュウガは、海辺の道を南に向かって走っていた。老犬の縄張りに近づくと、いったん住処に戻ろうか迷ったが、このまま狼の縄張りに行くことにした。

すると、今は雪に覆われているが、以前ユウに連れてこられ、初めてウサギを捕った草原に着いた。シュウガは立ち止まり、神経を集中して辺りを見渡しても、ウサギの気配はなかった。シュウガは何かを思い出したようにまた急に走り出した。

太陽はオレンジ色から赤色に染まろうとしていた。いくつもの大きな岩を避けて砂浜に行くと、波打ち際に雪を被った流木を見つけた。流木の雪を前脚で払うと、シュウガはこれをじっと見ていた。夕日が沈み、辺りが暗くなり始めた頃、遠くの方から遠吠えが聞こえてきたので、シュウガは我に返り、振り返って砂浜を歩き出した。

すると、暗闇の向こうから白いものが歩いてきた。シュウガは急に胸が熱くなり、「ユウ」と呼んで駆け寄った。

「ぼくはシュウガだよ。覚えているかい？　君に助けてもらったシュウガだよ。ユウは、あのときのままだね、少しも変わっていない。元気だったかい、ユウ」

何も返事が返ってこないので、シュウガは狼の縄張りに入ったことでユウが怒っていると思い、

「縄張りに入ったのは、いろいろと理由があるんだよ。どうして返事をしてくれないの？ぼくのこと、忘れたの？」

と言うと、岩陰の方から、

「忘れたのは、シュウガ、あなたよ」

と声がしてユウが姿を現した。

「その子は腹違いの妹で、名前はテラ。まだ4カ月よ。ちょうどあなたと出会った歳と同じだわ。いつまでも子供のままでいると思ってるの？」

シュウガは、改めてユウを見ると、確かに面影は残っているものの、身体も大きくなり、毛並みもきれいに揃い光っていた。シュウガは驚き黙っていると、ユウが口を開いた。

「何故、また狼の縄張りに入ったの？」

「狼のボス・ロルフに話があって来たんだよ」

「シュウガ、まだ分かっていないようね。犬は、狼の縄張りに入れないの。狼も、犬の縄張りには入れないわ。昔決めた掟よ。これを破ったら、お互い殺されても文句は言えない

の」

「そのことは前に聞いたから知っているよ。だけど、狼が犬の縄張りに入って犬を殺しているから、その理由をロルフに聞こうと思って、ここに来たんだよ」

「そんなこと、ありえないわ」

シュウガとユウが話していると、また遠吠えが聞こえてきた。するとユウは、「シュウガ、ここは目立つからついてきて」と言って走り出した。

3匹で少し走ると、ユウが洞窟の前で立ち止まり「早くこの中に入って」と言ってシュウガを中に入れた。テラは中に入らず、外で見張っていた。ユウは、

「この住処は私の叔母が住んでいたけど、先日亡くなったの。ここなら安心よ。ところでシュウガ、狼が犬の縄張りに入って犬を殺したと言ったけど、事実なの？ 詳しく話して」

「ぼくはあのとき、ユウと別れてから老犬と出会ったんだ。そして、その老犬の住処で一緒に暮らしていたんだ。ところが半月前に老犬が亡くなり、ぼくが老犬の縄張りにいると、猟犬が来て『猟犬7匹を殺したのはお前か』と言うので、ぼくではないと答えたんだ。猟犬7匹が殺された場所が老犬の縄張りだったから、ぼくだと思ったのだと思う。結局ぼくではないことは分かってくれたんだけど、犬の縄張り内の海辺や森でも、何匹も殺されたと

聞いたよ。だからぼくは、ロルフに会って何故犬を殺すのか、理由が聞きたくてここに来たんだ」

これを聞きユウは、

「分かったわ。ロルフに会わせることはできないけど、この件は私が調べるから。シュウガは、３日経ったら夕暮れ前にまたこの住処に入って待っていて。今日みたいに堂々と縄張りに入ってきては駄目よ。見つけたのが私だから良かったけど、他の狼なら大変なことになっていたわ」

と言い、住処の奥に行き、シュウガに「お腹空いてるでしょう」と言って、奥から凍っている肉の塊を咥えてきて、シュウガの前に置いた。

「さあ、食べて。この肉は冬しか食べられないアザラシの肉よ。とても美味しいわよ」

「ありがとう。お腹空いていたんだ」

シュウガはそう言って、凍っている肉の塊に食らいつき、バリバリ音を立てながら、あっという間に食べ終わると、ユウが、

「もう乳歯じゃないんだ。成長したね、シュウガ」

と笑ってみせた。そして、

「シュウガ、私は、もう行くわ。あなたは、太陽が昇るまでこの住処を出ては駄目。分

かった？」
と言って、ユウは住処を出て行った。

仲間

その頃、犬の住処では、グイシー、オット、コロン、ライ、レクはじめ幹部らが勢揃いし、狼の件について話し合いが行われていた。朝方、狼の様子を調べに行っていたグループは、夜になっても戻ってこなかった。昼間、猟犬が1匹戻りはしたが、すぐに息絶えたので、何も真相が分からぬままであった。

そんな中、グイシーが突然言い出した。

「皆、聞いてくれ。俺は今日までオットと一緒にこの縄張りのボスとして事に当たってきたが、今この場で引退する。これからはオットの指示を聞いてくれ」

これには一同が驚き、中には、

「こんな大事な時に、引退などあり得ん」

という声もあったが、グイシーは、

「今日、あの若造と戦って牙を折られた」

と言って、口を大きく開けて皆に見せた。

「皆も分かると思うが、牙がなければ死んだも同じだ。それでも狼との戦いになれば、片方の牙だけでも死ぬまで戦う覚悟は持っている。ただ、今は犬が一つになって事に当たらなければならない大事な時だ。ボスが2匹では意見が割れ、まとまらん。俺は、オットが決めたことに従う」

と言って、グイシーは洞窟を出ていった。

ユウは、住処に戻る途中、シュウガから聞いた件をどうしたらいいか考えていた。ロルフに話せば一番早いことは分かっていたが、祖父は10日前から食欲がなく、寝込んでいた。そんなロルフに心配させるような話はできないと思い、ユウはまず住処に戻ると、配下数匹を呼んで、ビライとグゾンの様子を探るように命じた。

その日の真夜中、様子を探りに行った配下が、次々に戻ってきた。

「ユウ様。私はグゾン様を調べましたが、別段変わったことはありませんでした」

次に戻ってきた配下は、

「ユウ様。私はビライ様の様子を探りましたが、変わったことはありません」

3番目の配下が戻ると、

「ユウ様。私はビライ様の配下を調べましたが、気になったことが一つあります。ビライ様の配下に、怪我をしている者が少なくとも5匹はいます。冬のこの時期、狩りをして捕る獲物はアザラシだけです。アザラシを捕るとき怪我をしたことは、今まで聞いたことがありません」

4番目の配下が戻ると、

「ユウ様。私はグゾン様の配下を調べましたところ、怪我を負っている者が数匹いました。2匹は重傷で、大変な騒ぎになっております」

ユウは、この配下に引き続き調べるように命じた。

そして、総合して考えてみると、シュウガの言っていることは本当だと確信した。それでユウはいろいろ考えたが、父親であるラルヒの住処に行くことにした。住処の中に入ると、ラルヒは母親のニコンと一緒にいたので、ユウは、

「お父様。お爺様が呼んでるわ」

と言って外に連れ出した。

「お父様。ビライとグゾンの様子がおかしいわ」

そう切り出すと、ラルヒは、

「ユウ、口の利き方を考えなさい。ビライもグゾンも、仮にもお前より格上ではないか」

それでもユウは続けた。

「そのビライ様とグゾン様が掟を破って、犬の縄張りに入って犬を何十匹も殺したの。どうするつもり？」

ラルヒは驚いた。

「ビライとグゾンが殺した証拠はあるのか、どうしてお前がそれを知っているのだ」

「犬から直接聞いたから、間違いないわ」

「犬から聞いただと？　何処でお前は犬と会ったのだ。大問題だぞ」

ラルヒはユウを責めるばかりだった。

「もういいわ。あなたに話した私が馬鹿だったのよ。直接お爺様に話すわ」

と言って、ユウは歩き出した。ラルヒは慌てて引きとめた。

「待ちなさい。どうすれば良い」

「まず、ビライとグゾンを呼んで、どうして掟を破ったのか聞くのが先でしょう」

ラルヒは心の中で〝簡単に掟を破ったと認めるものか、命にかかわることだ。ユウもまだ子供だから仕方ないが、困ったものだ〟と思いながら配下を呼んで、ビライとグゾンに遠吠えでここに来るよう指示を出した。

しばらく経つと、ビライとグゾンがラルヒの前に現れた。ラルヒは、

「単刀直入にビライに聞くが、犬の縄張りに入って犬を殺したのか」

と聞くと、ビライは表情一つ変えずに「殺しました」と答えた。ラルヒは重ねて聞いた。

「何故、20年続いている掟を破ったのだ」

「私が独自で調べたところ、犬の数が年々増えています。今現在、犬の数は６００を超えます。来春には子の数が３００はできるでしょう。そうなれば犬の縄張りだけでは餌が足りなくなり、近々狼の縄張りに入ってくると考えました。今、犬を減らしておけば、戦う必要はありません。私が勝手に判断して行動しました。掟を破ったからには、自ら死をもって償う覚悟でおります」

ラルヒは、ビライの話を聞いて、先々の狼の安泰を考え犯したことに、どう処分をしたら良いのか、分からなくなっていた。ラルヒは、

「分かった。ビライは戻ってよい。処分はまた後で連絡する」

と言って、ビライの姿がなくなると、グゾンにも問いかけた。

「犬の縄張りに入って、お前も犬を殺したのか」

「私は犬の縄張りに入って犬を殺していません。犬が狼の縄張りに入ってきたので殺しました」

「そうか、分かった。ところでビライの処分だが、どうしたら良いと思う？　意見を聞かせてくれないか」

「理由はどうあれ、掟を破った以上、絶縁しかありません」

と、グゾンははっきり言い切った。ラルヒは内心驚いたが、グゾンに「分かった。戻ってよい」と言って帰らせた。

そしてラルヒは、

「裏にいることは分かっている。出てきなさい」

と言うと、ユウがゆっくり姿を現した。

「お父様、話は全部聞いたけど、何かおかしいわ。あの2匹は兄弟以上に仲がいいのよ。グゾンがビライを庇うなら分かるけど、絶縁なんて言うのは考えられないわ」

「それだけグゾンは、責任感が強いということだ」

ユウは、それ以上何も言わなかったが、心の中は曇っていた。ラルヒはユウに、「ついてくるな」と言って、ロルフに会いに行った。

寝床で横になっているロルフに声を掛けると、蒼い鋭い目が開いた。ラルヒは一部始終を話し終わると、ロルフが口を開いた。

「ラルヒ、私が病で伏せていることは、決して外に漏らすな。ビライの処分は、グゾンと話し合ってお前が決めろ」

そう言って、ロルフはまた目を閉じて眠りに就いた。

ラルヒは外に出ると配下を呼び、遠吠えでグゾンを呼ぶよう命じた。グゾンは思っていたより早く現れた。ラルヒは、

「お前にもう一度聞くが、ビライの処分はどうしたらいい。絶縁では厳しすぎないか」

と言ったが、グゾンは、

「狼の掟を破った者は、絶縁しかありません」

と、はっきり答えた。ラルヒは、

「では、今日でビライを絶縁とする。ビライの跡目は、グゾンに任せる」

と言ったのであった。

ビライが絶縁になったことは、すぐに縄張り内に知れ渡り、大変な騒ぎになっていた。


その頃シュウガは、ユウの叔母の住処で、再会したユウのことを考えていた。

久しぶりに会ったユウは、きれいになり大人になっていたけれど、相変わらずぼくを子供扱いしていたよな。ユウだって初めて会ったときは、ぼくと同じ乳歯だったくせに、ぼくが知らないと思って姉さんぶって。でも、食べ物をくれたり、優しいところもあるよな。ユウに助けてもらわなかったら、ぼくはあのとき死んでいたから、子供扱いされても仕方ないか。

シュウガは、様々なことを考えているうちに眠ってしまった。

そして、朝起きて住処を出ると、すでに太陽は昇っていた。シュウガは、急ぎ走って老犬の住処に戻ると、老犬とコウが眠っている場所の前に座って、ここ幾日かの出来事を話して聞かせた。そして岩の間から流れる水を飲み、岩穴に入って、前に捕っておいた猪の肉を食べ、眠りに就いた。次の日は、一日中遠吠えを真似てやってみたが、結局上手く声が出せずに諦めた。

あっという間に約束の日となり、シュウガは夕方になる前に狼の縄張りに入って、住処に着いた。中に入ると、いきなり肉の匂いがしたので、探して肉に鼻を近づけると、新鮮な香りがした。シュウガは食べようか迷ったが、ユウが来るまで待つことにした。

しばらくすると、ユウがテラを連れて住処に入ってきた。ユウは、シュウガの隣に座ると「分かったわ」と言って話し始めた。

「調べたところ、犬の縄張りに入って犬を殺したのは、ビライという黒色狼のボスの仕業よ。ビライは絶縁になったから、二度と犬の縄張りに入って犬を殺すことはないわ」

「その絶縁とは何なの？　分からないよ」

「そうね。絶縁とは分かりやすく言えば、狼の群れから出て1匹で生きていくということよ。狼は群れで獲物を捕るの。1匹で捕るのは難しいの。この島で狼が1匹で生きていくのは、死んだも同じことなの」

シュウガは、これを聞いてますます分からなくなったのか、

「ぼくは1匹の方が気が楽でいいけどね」

と言うと、ユウは少し気分を害したようだった。

「シュウガはまだ子供ね。大人になれば分かるわ」

シュウガは、

「それから、もう一つ分からないことがあるよ。狼は、何故犬を殺したの？」

とユウに聞くと、

「ビライの話では、年々犬の数が増えているらしく、このまま増え続ければ、犬の縄張りだけでは餌が足りなくなって、いずれ狼の縄張りに犬が入ってくると考え、先に犬を殺すことにしたようね。正直、狼が犬を殺したのが問題ではなく、犬の縄張りに入ったことが、掟を破ったことになり、問題なのよ」

シュウガは、不思議な顔をしながら、

「では、犬を殺したことより、掟を破ったことが良くないの？　なんかこの話もぼくには分からないよ」

ユウは、この話をシュウガとしても噛み合わないと思ったのか話をそらした。

「ところでシュウガ、まだ肉を食べていなかったの？　私が来るまで待っていたんだ。それでは一緒に食べましょう」

「では3匹で食べようか」

「狼は、上下関係が厳しいの。テラの分は取っておくから気にしないで」

シュウガは、テラに悪いと思いながら一口食べると、3日前に食べた肉より数倍美味く感じた。

「この肉はアザラシの脇腹の肉で、一番美味しいの」

ユウは説明しながら食べていた。2匹が食べ終わると、テラが隅っこで食べ始めた。

ユウはシュウガに寄り添い、

「シュウガは何処に住んでるの？　一度見てみたいわ。でも、行くのは無理ね。だから話だけでも聞きたいの」

「ぼくの住処は、犬の縄張りに入ってすぐ左にある草原を、森の方向に向かっていくんだよ。そして森を抜け、そのまま上に登っていくとあるんだ。住処から見る景色は最高で、特に夕陽がきれいなんだ」

シュウガは、老犬との出会い、コウが海鳥の羽根で寝床を作ってくれたことや、猫の住処に泊まり岩つばめを食べたことなど、ユウに話して聞かせた。

いつの間にかテラは寝てしまい、2匹の話は朝まで続いたが、住処に外の光が差し込むと、ユウが寂しそうな顔をした。シュウガはそれに気が付き、ユウに「もう行くね。ありがとう」と礼を言って、住処を出て行った。


グゾンは、1匹でビライの住処に行くと、入り口にいたビライの配下に声をかけた。

「俺が来たと、ビライに伝えろ」

「すでにグゾン様が来るのを中で待っています。お入りください」

グゾンが中に入ると、ビライは1匹で座っていた。グゾンは、ビライの前に座ると口を開いた。

「絶縁処分に決まった。言われた通りにしたが、これで本当に良かったのか。絶縁になった以上、明日から群れを出て1匹で生きていかなければならない。もちろん俺は協力するが、今回の件は、確かに掟を破って犬らを殺したが、先々の狼のことを考えてのことだ。普通なら謹慎処分が妥当ではないか、何故自ら絶縁を選んだのだ。俺にはビライの腹の中を見せてくれてもいいだろう」

「グゾン、悪いがまだ話はできない。俺は、明日群れから出て、仮の住処に移るつもりだ。

時機が来たら連絡する。当分の間、俺の代わりを適当に選んで使ってくれ」

グゾンは、ビライの目をじっと見てから「分かった」と返事をして住処を出て行った。

シュウガは、ユウの住処を出ると、犬の縄張りに向かって走り出した。途中、振り向きもせず、立ち止まることもなく、ただ海辺の道を全速力でひたすら走っていった。そして一気に広場に着くと、

「オット、戻ったよ！　何処にいるの？」

と大声を出すと、次々に犬が集まってきた。

そのとき、オット、グイシー、レク、ライ、コロン、幹部らは、洞窟内で話し合っていた。そこに猟犬が慌てながら駆け込んできた。

「シュウガが戻ってきました。オット様を呼んでいます」

オットは、狼にシュウガは殺されたと思っていただけに、

「何、本当にシュウガか？　皆はここにいてくれ、俺が連れてくる」

と言って、洞窟を出て急ぎ広場に駆け付けた。そしてシュウガの姿を確認すると、オットは大喜びして、

「よく生きていたな、シュウガ。さあ、俺と一緒に洞窟に来てくれ」

と言って、シュウガを連れて洞窟に戻った。シュウガが中に入ると、グイシーと目が合ったが、グイシーの目にはもはや敵意はなく、温かい目をしていた。シュウガはグイシーの傍に行き、軽く頭を下げて隣に座った。すると早速、皆が気にしていることを、オットが代表してシュウガに尋ねた。

「シュウガは、狼の縄張りに本当に入ったのか？　それで狼と戦ったのか、聞かせてもらえないか」

「ぼくは狼の縄張りに入ったけど、狼とは戦っていないよ。初めから戦うことは考えていないよ」

オットは不思議な顔をして、

「だったら、狼の縄張りに何をしに行ったのだ」

シュウガは、皆にどう説明して良いのか考えながら、

「ぼくがこの島に辿り着いたときは意識がなくて、気が付いたら狼の子供に助けられたんだ。動けないぼくに、毎日何回も水と餌を運んできてくれたんだよ。そして元気になったぼくに、犬の縄張りに行くように言ってくれたんだ。そしてこの縄張りを探していたら、途中で老犬と知り合い、一緒に暮らしていたんだ」

「分かった。それが二代目リックだな」

「そうだよ。それで老犬が亡くなったので、ぼくは老犬の縄張りを守っていこうと決めたんだ。それからオットと出会い、狼が猟犬を殺したことを知って、ぼくは犬だし、狼には命を救ってもらったから、ぼくとしてはお互いが戦ってほしくないから、狼の縄張りに入って、ボス・ロルフと会って話せば分かると思ったんだよ」

「そしてシュウガは、狼のボスと会ったのか」

「ロルフとは会わなかったけど、ぼくを助けてくれた狼とは会えたんだ。その狼に、何故犬を殺すのか、聞いたら調べてくれたんだよ」

シュウガの言葉を聞いて、オットとグイシー、皆が、理由聞きたさに身体が前に動いた。

「狼には、白・黒・灰色の三種がいるらしく、今回犬を殺したのは、黒色狼のボス・ビライだと言っていたよ。なんでもビライの話では、犬の数が年々増えているから、このまま増え続けると、犬の縄張りだけでは餌が足りなくなって、狼の縄張りに入ってくると思い、先に犬を殺すことを考えたようだよ。それからこのビライは、狼の掟を破ったとして、絶縁処分になったと言っていたよ」

「確かに年々増えているのは間違いないし、このまま増え続ければこの縄張りだけでは餌が足りないのは事実だ。毎年春と夏にはこの問題が出るが、未だいい方法が見つからんのだ。それに絶縁したと言っても、殺された犬は戻ってこない。このけじめを付けずに、皆にどう説明したらいいのか」

　と、オットが言った。

「まあ、この問題は後で話し合うことにして、シュウガは何処で生まれ、どうやってこの島に来たんだ？」

　とレクが聞くと、シュウガはこのことは話す気分になれなくて、

「腹が減って、何も思い出せないよ」

　と答えた。するとレクが笑って、部下に、

「朝捕れた鹿肉があるだろう。それを持ってこい」

と命じた。すると突然、「皆、俺の話を聞いてくれ」とグイシーが口を開いた。

「俺はシュウガと戦って負けたから引退した。だからボスはオットのはずだが、そのオットも引退すると決めたそうだ」

　皆は驚きオットの顔を見ると、

「グイシー、ここからは俺が話をする」

　と言って、話し始めた。

「実は、俺もシュウガと戦って負けたのだ。グイシーが負けて引退したのに、俺だけ残るのは筋が通らん。そこでグイシーと話し合った結果、シュウガが、もしも狼の縄張りから

無事に戻ってきたときは、シュウガにこの犬の縄張りのボスになってもらおうと、グイシーと俺で決めたのだ」

これを聞きまた皆は驚き、口を開く者はいなかった。ただ、シュウガは、

「ぼくにはできないよ。ぼくは、老犬の縄張りを守っていこうと決めたんだ。今まで通り、オットとグイシーがやればいいと思うよ」

そのとき、猟犬が2匹で鹿の足を1本咥え持ってきた。それをシュウガの前に置くと、シュウガは、

「美味そうだね。これ、食べていいの?」

と言って、オットの顔を見た。オットは、

「ああ、いいよ、好きなだけ食ってくれ」

と言ったので、シュウガはそれを前脚で押さえ、皮をきれいに剝くと、肉と一緒にバリバリと、あっという間に食べてしまった。これを見ていた皆は驚き、感心した。鹿の肉は柔らかいが骨は硬く、普通の犬なら噛み砕くのに一日中かかってしまう。シュウガの咬合力の強さを改めて知った。

食べ終わったシュウガは、猟犬の指示官であるレク、ライ、コロンに声を掛けた。

「明日、ウサギを捕りに行きたいんだけど、何処に行けばいるの?」

ライが答えた。

「今の時期、ウサギは雪の下の穴に潜っているから、見つけるのは難しいよ。そうだ。猟犬の中の、特別鼻の利く2匹を付けてやるから、一緒に行ったらどうかな」

「それは有難いね。ついでに鹿も捕ってくるよ」

鹿は非常に敏速で、手慣れた猟犬が5〜6匹いないと仕留めることができないことは、ここにいる犬なら皆知っていた。大きなオスとなれば、角に刺され過去に猟犬が何匹か殺されていた。シュウガは、

「オットもグイシーも、明日狩りに行こうよ」

と言ったが、オットもグイシーも生まれてから一度も狩りをしたことがなかった。だが、シュウガに言われたので断ることができず、オットもグイシーも、

「分かった。明日は親衛隊も猟犬も、一緒に狩りに行こう」

と言ったので、猟犬の指示官であるレク、ライ、コロンは「面白いことになった」と笑ってみせた。

次の日、皆が広場に集まったところでオットの、

「今日は、皆で狩りに出るから、適当に5〜6匹の組を作ってくれ。今日狙う獲物は、ウサギとオス鹿だけだ。その他は捕ってはいけない。一番早く獲物を持ってきた組には褒美

を与える。では行け」

との掛け声で一斉に走り出した。シュウガは走りながら2匹の猟犬に「ウサギは何処にいるの？」と聞くと、この2匹は「ウサギより鹿を見つけた方が早いよ」と答えた。

「どうしてもウサギがほしいんだ」

「分かった。もう少しだ」

そう言って走っていると、2匹が立ち止まり、雪の中に鼻を入れ、あちらこちら、においを嗅ぎ始めた。シュウガは耳に神経を集中し、風の音以外何か感じる音はないか、耳で探していると、雪の下で微かに気配を感じた。ゆっくり近づき、素早く右前脚を雪の中に入れ押さえると、左前脚で雪を掻き払い、頭まで入れ押さえていたものを咥えて出すと、真っ白な野ウサギだった。

シュウガは嬉しくて、大きな声で「捕まえた！」と言って、2匹の猟犬に見せた。

「ではシュウガ、早く広場に戻ろう。今戻れば一番だぞ」

シュウガは、「そうだね」と言って、3匹は走り出した。すると少し行ったところでシュウガは立ち止まり、左に見える雪の被った木を見ていた。そして咥えていたウサギを置き、2匹の猟犬に、大きく左に回ってから吠えるように指示を出した。シュウガはその木にゆっくり近づき、体勢を整え構えた。そのとき、猟犬2匹が言われた通り吠えると同時に、木の陰から大きな角を持ったオス鹿が飛び出してきた。シュウガはその鹿を追って近づくと、一気に飛び跳ね一瞬で鹿の頸動脈に噛み付いた。鹿は暴れもがいたが、シュウガが首を左右に振るたびに、鹿の動きは止まっていった。それを見た猟犬は恐れおののき、シュウガの傍に行くことができないでいた。

シュウガは2匹の猟犬に、

「これからぼくは、ウサギを持っていきたい所があるんだよ。この鹿は皆で食べて。それから、オットとグイシーに仲良く縄張りを守っていくよう伝えてほしいんだ」

と言うと、2匹の猟犬は、「はい、分かりました。お伝えします」と答えた。

シュウガは、ウサギを咥え走って犬の縄張りを去っていった。

そして雪のある海辺の道を東に向かって真っ直ぐ行くと、遠くに雪のない岩山を見つけた。もうすぐだと思うと、脚は速く動いた。

岩山に着いたシュウガは回り込み、岩山にある穴の入り口を見つけると、咥えていたウサギを置いて、

「ラー、クー、いるかい？　シュウガだよ」

と声を掛けると、少し経ってからソマが静かに出てきた。ソマの目は濡れていた。シュウガは、もしやと思い尋ねた。

「老猫に何かあったの？」

「シュウガ、遅かったよ。今さっき、息を引き取ったよ」

これを聞いて、シュウガは心の中で、老猫は待っていると言ったのに、もっと話がしたかったのに、ウサギを食べてほしかったよ——様々なことが頭をよぎって言葉が出てこなかった。そんなシュウガにソマがうながした。

「さあ、シュウガ。中に入ってくれ、皆が待っているよ」

そう言われて中に入ると、ラーとクーが泣きながら足元に駆け寄ってきた。ゆっくり奥に進むと、岩の隙間から光が差し込み、その光に包まれ老猫が横になっていた。その周りには数えきれないほどの悲しい目が光っていた。シュウガは傍に行き、横たわる老猫をよく見ると、赤・白の交ざった長毛は美しく、顔は眠っているようにしか見えなかった。ソマが傍に来て言った。

「確か3日前のことだった。外は風が強く、入り口から冷たい風が入ってきたんだ。俺は老猫も皆も寒いと思い、入り口を塞ごうとしたんだ。そしたら老猫に、『入り口を塞いではいけません。シュウガは必ずここに戻ってきます』と言われたよ。そして今日、亡くなる前に、『この猫の縄張りに、もしも大事が起きた時は、シュウガに相談しなさい』と言われた。それだけシュウガのことを、老猫は信頼していたのだと思う」

シュウガが、

「ソマ、老猫の亡骸はどうするの？」

と聞くと、

「猫は皆、死ぬと海に流すんだよ」

ソマは答えた。するとシュウガは老猫をそっと優しく咥えると、洞窟を出て、近くの砂浜に行き、そのまま海の中に入っていった。

そして肩まで沈んだところで口をゆっくり開けると、老猫の亡骸は、浮き沈みしながら海の中に消えていった。

哀しい遠吠え

ビライは、群れから出て1匹で行動していたが、常に配下と遠吠えで連絡を取り合っていた。ビライが絶縁処分になったことで、黒色狼、灰色狼はもちろんだが、白色狼の中でも、

「どうしてロルフはビライを絶縁にしたのか。掟を破って犬らを殺したのは確かだが、この件は狼全体のために自らの体を懸けてしたことだ。絶縁はおかしいではないか」

という疑問の声が日に日に高まっていた。

シュウガは10日ぶりに住処に戻ろうとして、老犬の縄張りの森に入ったところで、無数の足跡を見つけた。その足跡をたどっていくと、住処まで続いていた。シュウガは岩穴の入り口に肉の塊が三つ置いてあるのに気付いた。においを嗅いでみると、猪、ウサギ、鹿の肉だと分かった。岩穴の中に入り一回りすると、オット、グイシーのにおいが微かに残っていた。

シュウガは、老犬とコウが眠っている墓の前に座ると、ここ数日の出来事を伝え、夕陽が沈むと寝床に入ってすぐに眠ってしまった。

数時間が過ぎた頃、外に何か気配を感じ出てみると、目の前に月明かりに照らされたはっきりとした白い姿があった。シュウガは驚いて言葉が出ずにいると、

「シュウガ、この住処は小さいけど、高台だからいいわね」

とユウが話しかけてきた。その後ろではテラが微笑んでいた。シュウガは嬉しい気持ちと、その反面、掟を破って来たわけだから不安も感じていた。

「ここへ来て大丈夫なの？　見つかったら大変なことになるよ」

「ここは犬の縄張りと言っても、シュウガの縄張りでしょう。大丈夫よ。言い訳は考えてあるわ。心配しなくていいの」

ユウは、そう言ってシュウガの前を通り過ぎて、岩穴の入り口の前に置いてある肉を見つけると、喜んだ。

「ウサギの肉があるわ。この肉のにおいを嗅ぐのは久しぶりね」

「ユウ、食べていいよ。ぼくが留守のうちにオットとグイシーが持ってきてくれたんだ」

「それよりシュウガ、住処の中が気になるわ」

するとシュウガは先に入りユウを呼んだ。

「この寝床は最高なんだよ。ここに横になったら分かるよ」

ユウは言われた通り横になると、

「本当、最高ね。これ、シュウガが作ったの？」

「違うよ。この間、イヌワシのコウの話をしたと思うけど、覚えているかい。そのコウが作ったんだよ。初めに小枝をきれいに敷いて、その上から海鳥の羽根を敷き詰めるんだ」

ユウの寝床にも鳥の羽根は敷き詰めているけれど、違いは小枝を敷かなかったことだと分かった。いつの間にか2匹は、一緒に寝床に横になっていた。シュウガはユウに、

「話したいことがたくさんあるんだよ。例えば、犬と猫の話、どちらが聞きたい？」

「そうね。どちらも興味があるわ。でも、犬はシュウガを見れば大体のことは分かるから、猫の話を聞きたいわね」

シュウガは得意そうな顔で話し始めた。

「ここから20キロくらいのところに犬の広場があって、そこからまた20キロくらい行くと、猫の縄張りがあるんだよ。縄張りといっても森も草原もなく、ただ海沿いの小さな場所なんだ。切り立った絶壁の近くに岩山があって、その中で寒い時期は皆で暮らしているんだよ。犬のように上下関係はなく、好きな時に寝て、好きな時に起きて、好きな時に狩りをするんだ。体高はぼくの膝下しかないけど、身体能力は犬より凄いと思うよ。ぼくが一緒

に狩りに行ったときのことだけど、何十メートルもある絶壁を素早く駆け登って、岩つばめやひよ鳥を捕って下に戻ってくるんだ。ぼくの友達のソマは、鳥を捕って下に戻る途中、残りまだ10メートルもあるのに、そこから飛び降りて回転しながら着地ができるんだよ」

ユウはこれを聞いて、

「それは凄いわ。狼にもできないと思うわ」

シュウガは、「そうだろう」と言って、

「それに、猫は魚を捕るとき、前脚の爪で引っ掛けて捕るんだよ。これも犬と狼にはできないと思うよ。猫の住処に泊まっていると、毎日楽しくて驚くことばかりだったよ」

あえてシュウガは老猫との悲しい話は避けたのだった。ユウは、

「シュウガは幸せね。いろんな体験や経験ができて、羨ましいわ。そこにいくと、私なんて毎日同じことの繰り返しよ。でも、こうして知らない話が聞けて嬉しいわ。……そうだ、忘れていたわ。テラ、ウサギを持って入ってきなさい」

テラはウサギを咥え中に入ると、隅に行ってウサギを抱いて丸くなっていた。シュウガはテラのことが気になったが、ユウが「さあ、話を続けて」と言った。

「猫は、気まぐれで優しくて、ぼくは大好きだよ」

「シュウガ、狼は好きなの、嫌いなの？」

「狼はユウしか知らないけど、ユウのことは好きだし、命を助けてもらったから、感謝もしているよ」

この言葉を聞いて、ユウは気分が良くなったのか、

「テラ、そのウサギ、食べていいわ。皮を剝いであるから、すぐ食べられるでしょう。まだ乳歯なのだから、骨には気を付けるのよ」

と言い、ユウが「もっとシュウガの話が聞きたいわ」とねだったので、シュウガは、続けた。

「次は犬の話をしようか。犬と言っても様々で、猫より小さい犬もいれば、100キロを超える犬もいるんだ。毛色もみんな違い、白・黒・赤・茶・灰・黄……色はまだあるけど、1色もいれば2色もいるし、3色もいるよ。色が交じっているのもいれば、柄模様もいるよ。短毛もいれば長毛もいるし、垂れ耳もあれば立ち耳もあるんだ。顔も、長いのも短いのもいるしね。1匹1匹が皆違うんだよ」

「そうなの、それは知らなかったわ。そこへいくと、狼は分かりやすいわね。白・黒・灰の3種だし、顔も皆同じようなものだから。ところで、犬にもボスはいるの?」

「犬の縄張りには、2匹のボスがいるよ。オットとグイシーだよ。この2匹のボスは、ぼくによくしてくれるんだ。その肉も、ぼくが留守のときに持ってきてくれたんだよ」

「いずれはシュウガも、皆がいる場所に行くの？　1匹では寂しいでしょう」

「ぼくは行かない。老犬のこの縄張りを死ぬまで守っていくと、心に決めたんだ。それに寂しくないよ。ここには老犬もコウもいるからね」

「強くなったわね、シュウガ」

と言って、ユウは後ろを振り向き、

「テラ、食べ終わったようね。シュウガ、もう帰らなければならないわ」

と言って立ち上がると、外に出て行った。シュウガも後を追って出てみると、外は朝焼けに染まり、遠くの海までよく見えた。ユウは、

「ここから見る景色は最高ね。気に入ったわ」

と言って歩き始めた。シュウガは「森まで送っていくよ」と言って、一緒に歩いていると、急にユウが立ち止まって、小さな黄色の花を見つけた。

「この花が咲くと、すぐに春が来ると聞いたわ」

シュウガが首を傾げると、ユウが、

「寒い冬が終わって、暖かくなるの。シュウガ、楽しかった。また来るわね」

と言って駆け出した。シュウガは、近くにあった大きな木の枝に一瞬で飛び上がり、走って帰るユウとテラを目で追っていたが、2匹の姿はすぐに消えていった。

住処に戻ったシュウガは、寝床に入っても、ユウとテラが無事に戻れたか、心配で眠ることができずにいた。

すると下の方から話し声が聞こえてきたような気がした。耳を澄まして聞いていると、その声は、オット、グイシー、レク、ライ、コロンだと分かった。そして足音から判断すると、その他に5匹はいると思った。

シュウガは外に出て、皆が来るのを待っていると、初めにオットが姿を見せて、

「シュウガ、元気だったか？　今日もいないかと思ったが、会えて嬉しいぞ」

と言っているうちに次々上がってきた。シュウガは、オットとグイシーを見て驚いた。2匹の体形は、脂肪が取れ、筋肉の塊へと変わっていた。シュウガが、

「オットもグイシーも、凄い体になったね」

と言うと、グイシーが、

「あれから毎日、オットと一緒に狩りに出ているからな。あのとき、初めての狩りでは、走るだけでも大変だったよ。あのとき、皆大型犬は、赤っ恥をかいたからな。今まで猟犬に任せ、俺らはいかに怠けていたかがよく分かった。今日初めてオットと一緒に鹿を捕ったんだ。解体させて、美味いとこだけシュウガに持ってきたから、食ってくれ」

と言うと、親衛隊2匹が、咥えていた肉をシュウガの前に置いた。シュウガは「ありが

とう」と言って、二つの肉の塊を食べ始めた。食べ終わるとオットが、

「どうだ。シュウガ、美味かったろう」

と聞いてきたので、シュウガは、

「最高に美味かったよ」

と答えた。するとグイシーが、

「ところでシュウガ、二代目リックは何処に眠っているんだ」

と聞いてきたので、シュウガは、

「登ってきた右の隅に、老犬とコウが眠っているんだよ」

それを聞いて、グイシーとオットは二代目リックが眠っている墓の前に行くと、2匹揃って、「祖父がしたことを許してください」と言って頭を下げた。それを見たシュウガは気まずくなり、グイシーの前に行き、

「大事な牙を折ってしまい、ごめんなさい」

と頭を下げた。グイシーは、

「やめてくれ、シュウガ。牙を折られて分かったのだ。今まで己が如何に傲慢であったか。仮にも上に立つ者は、下に優しさや思いやりを持って接しなければならない。それと、体を常に鍛えておかなければ、守るものも守れない。改めて知ったよ。これもシュウガと出

会えたからだ」

するとオットが、問いかけた。

「ところでシュウガ、話は変わるが、シュウガはここで一生暮らすのか？」

「そうだよ。死ぬまでこの縄張りを守っていくと決めたんだ」

「それならシュウガ、相談なんだが、嫁をもらわんか。どうだ？」

シュウガが首を傾げると、

「嫁とは、メスのことだ。メスがいなければ子はできぬ。分かるか？　そこで今日は、メス犬の中でも、一二を争う大型犬を2匹連れてきた。チーにエマ、前に出なさい。このチーは、歳は3歳でシュウガより上だが、頭は良いし力もある。そしてエマの方は、歳は1歳だが、これもまた頭が良い。どうだ、シュウガ。どちらが気に入ったか言ってくれ」

シュウガは、来たときから皆を見ていたが、この中にメスがいたことに気が付かなかった。初めにチーというメスを見ると、オスと変わらない骨格で、目は大きく鼻は横に広がり、唇は厚い。まるでオットと同じだと思った。2匹目は、骨格は細く脚が長く、目、鼻、口は普通で特に変わったところはないが、毛色と模様がグイシーに似ていると思った。

シュウガは、内心このメス2匹は、オットとグイシーの子供ではないかと感じていた。

グイシーが、

「シュウガ、この2匹から1匹を選ぶのが難しいなら――どうする、オット。この2匹を置いていくか」

するとオットが、

「そうだな。そうするか。しばらく2匹を置いていくから、シュウガはゆっくり決めればいい」

シュウガは慌てた。

「オット、グイシー、聞いて。ぼくはまだメスのことは考えたことがないよ。これから先、必要だと思ったときは、オットとグイシーに相談するよ」

「分かった。いつでも相談してくれ。それでは皆、帰るとするか。シュウガ、また来るから、元気でいろよ」

オットとグイシーはそう言って、皆は帰っていった。

実は、シュウガの住処に来る前に、オットとグイシーは、シュウガはどちらのメスを選ぶか賭けをしていた。グイシーの子に賭けたのは、レク、コロン、親衛隊の2匹であった。オットの子に賭けたのはライだけだった。賭けた獲物は明日捕りに行く猪で、賭けで勝った方が一頭丸々もらえるはずだったが、シュウガはどちらも選ばなかったので賭けは流れた。

その頃、ユウはテラを連れ住処に戻ると、テラに、

「お爺様の様子を見に行ってくるわ」

と言って、ロルフの住処に行き、声をかけた。

「お爺様、ユウが戻りました。具合はどうですか」

ロルフの最近の容態はとても悪く、何も口にしない日が何日も続いていた。ロルフはユウの声が聞こえると、ゆっくり目を開いた。

「遅かったな、心配したぞ」

言われたユウは、素直に「お爺様、遅くなってごめんなさい」と謝った。ロルフに、

「ところでユウ、わしの身体はこの始末だ。もう元には戻らん。そこで、わしの息があるうちに、お前の父親であるラルヒに跡目を継がせようと思うが、ユウはどう思う?」

と聞かれ、ユウはどう答えたらいいのか考えた。

ユウにとって、父親がロルフになるのは良いことだが、兄の力が強くなるのは困る。生まれた時から、兄とは水と油で、決してこれからも交わることはない。いずれ兄の力が強くなるのは分かっているが、今は一日でも長く延ばさなければいけないと思い、

「お爺様のお気持ちはよく分かりますが、狼の掟としてロルフが生きているのに、代を譲ることはできません」

と答えた。ロルフは、

「過去にロルフが生きているのに代を譲ったことは確かにないが、掟だったのか。わしは初めて知った」

と言って、ユウの顔を覗き込んで微笑んだ。ユウは、ロルフの笑顔を久しぶりに見て嬉しくなり、

「お爺様、ここに来る途中に、捕りたてのアザラシを見ました。配下の者に脂をきれいに取らせ、一番良い赤肉を用意させますから、食べてください」

と言ってユウが立ち上がろうとしたそのとき、ロルフの首が力なく崩れ落ちた。ユウが、「お爺様、お爺様」と何度呼んでも、ロルフからの返事は返ってこなかった。ユウはロルフが亡くなったことに気付き、どうしたらいいのか、居ても立ってもいられず、泣きながら住処の外に飛び出した。

外は雨が降り出していたが、冷たさも何も感じず、無我夢中でひたすら走り続けた。そしてユウが気づいたときには、シュウガの住処に立っていた。

シュウガは、下から足音が住処に向かってくることは分かっていた。どうせグイシーかオットの使いで猟犬が来たと思っていただけに、外に出るとそれはユウだったので驚いた。

呆然と立ち尽くしているユウに、シュウガは声を掛けたが、黙ったままで何も答えてく

れない。だからといって、雨の中にそのままにしておくわけにもいかず、シュウガは、

「ユウ。とにかく、早く中に入って」

と言って、中に入れ寝床に横にさせた。そしてユウのびしょ濡れの身体に、シュウガは海鳥の羽根を咥え、かけてあげた。これを何度も繰り返すと、ユウの身体は海鳥の羽根で埋まった。シュウガは、これでユウの体はすぐに温まり、濡れた毛並みも乾くと思った。そこでシュウガは改めて、

「ユウ、何があったの？」

と聞くと、ユウは、

「シュウガ、ごめんね。気が付いたら、またここに来ていたわ。あれから住処に戻り、お爺様の様子を見に行ったの。いつもより元気そうで、話もしたわ。すると突然、お爺様が息を引き取ったの。私は、お父様とお母様のことは、ある出来事があってから嫌いになったの。それから今日までうまくいってないの。お兄様もいるけど、もっと嫌いだわ。私にとって、お爺様だけが唯一信用できる血筋だったの。そのお爺様が亡くなったことで、私の居場所はないの」

シュウガはこれを聞いて、なぐさめるように言った。

「ぼくには家族のことはよく分からないけど、ユウが嫌なら戻らずに、ここにいればいい

よ。ぼくが毎日獲物を捕ってくるから、心配しなくて大丈夫だよ」

「シュウガ、ありがとう。話したら気持ちが楽になったわ。そうね。できることなら、ここで一緒に住みたいわね」

と言って、ユウは悲しげな顔をして俯いた。シュウガは、まだユウには悩みがあると思った。

「何を悩んでいるの？　ぼくに全部話してほしいんだ」

しばらくユウは沈黙していたが、やがて口を開いた。

「シュウガ。私と一緒に生きていくということは、命を失うの。私もまた命を失うわ。この意味が分からないでしょう」

シュウガは、ユウが言った意味を考えたが、時間ばかりが流れ分からなかった。シュウガは素直に、

「ユウ、ごめん。分からないよ」

と言うと、

「私は狼で、あなたは犬。大きな壁があるの。まして私はロルフの孫なの。狼の掟はよく知っているわ。私だけなら構わないけど。シュウガに迷惑は掛けられないわ」

それを聞いてシュウガは、

「そういうことか。やっと意味が分かったよ。でも、ぼくのことなら心配しないで。あの日ユウに助けてもらわなかったら、この命は流木の横で死んでいたからね。ユウのためなら、この命、いつでも捨てる覚悟は持っているよ」

ユウは、シュウガの言葉を聞いても顔は暗かった。


その頃、狼の縄張りでは大変な騒ぎになっていた。

ラルヒは配下に、「遠吠えでグゾンと幹部全部、すぐ集めろ」と命じ、ロルフの席に座って皆が来るのを待っていた。

初めに白色狼、灰色狼、黒色狼の順で、次々と幹部らがラルヒの前に集まってきた。遠吠えはまだまだ続いていた。

グゾンをはじめ幹部が揃ったところでラルヒが立ち上がり、

「皆に伝える。先ほどロルフが息を引き取った」

と言って、ラルヒが遠吠えすると、次にグゾン幹部らの遠吠えが続き、その泣き声は連鎖してビライの耳まで届いた。

ビライは心中で、ロルフが死んだか、これで時代が大きく変わる、と思っていた。

しばらくして遠吠えが止むと、ラルヒは皆に、

「次の満月に、新しい役付けを発表する」

と言ってグゾンだけを残すと、グゾンに尋ねた。

「黒色狼の中から、ビライの跡を継ぐものは決まったか」

「まだ決まっておりません。満月の日には、必ず決めて連れてきます」

グゾンの答えに、ラルヒは「分かった」と言ってから、

「グゾン、相談なんだが。私がロルフになるわけだが、次のロルフの跡目は、私の長男にさせようと思う。グゾンの意見を聞かせてくれないか」

するとグゾンは、

「私如きが口にすることはできません。すべてロルフが決めたことに従うだけです」

と答え、ラルヒに挨拶してロルフの住処を後にした。それからグゾンは、1匹でビライの仮の住処に向かった。

ビライの住処に着くと、「俺だ。グゾンだ、中に入るぞ」と言って、中に入っていった。すぐにビライが言った。

「ロルフが死んだようだな。次の満月に役付けが決まるのか。ラルヒの長男が次期ロルフになったら、狼は分裂して大変なことになる。グゾン、座って俺の話を聞いてくれ」

グゾンは座ると、

「ビライの話が聞きたくて、俺はここまで走ってきたんだ。今日は、本当の腹の内を見せてくれ」

「ロルフが死んだからには、ぜひ腹を決めて聞いてもらいたい。俺は、犬を殺す前に、ロルフが病気で伏せていることを知った。ロルフが死ねば、ラルヒが跡を継ぐことになっている。俺は、こいつの下に付くのは、考えただけで気分が悪くなった。そこで大義名分を作らなければと思い、犬の数が年々増えていることに目を付けた。実際、犬どもが狼の縄張りに入ってくるのは時間の問題だと思った。その前に犬の縄張りに入って犬らを殺せば、掟は破ったことになるが、絶縁になれば皆はどう思う？　狼のために犬らを殺したのに、絶縁はおかしな処分だと、皆考えるはずだ。結局、絶縁にしたロルフとラルヒを、皆は不信に思うだろう。現に、白色狼の中にも絶縁に疑問の声がある。グゾンに言わなかったのは謝るが、俺は、白色狼の時代を終わらせ、犬と猫を絶滅させ、20年前の狼の島に戻そうと思っている。グゾンはどう思う？」

「どう思うはないだろう。今までビライに言われた通り、動いてきたからな。確かにラルヒはまだいいとしても、あの長男では俺の子や孫が苦労することになる。確かに交代させるのは、今だと思う。だが、ビライ。一つ聞くが、白色狼全部を殺すのか？」

「いや、全部殺すとなると、こちらにも相当な被害が出てしまう。ロルフの直系の孫まで殺して、残りは忠誠を誓わせて傘下に入れようと思っている。そして犬を攻めるときに使えばいいだろう」

とビライは答えた。

「白色狼の結束は固いぞ。グゾンは、そう簡単にこちらの言うことを聞くとは思えないがな」

と言うと、ビライは、

「心配ない。すでに手は打ってある。とにかく満月までにもう一度話し合おう。遠吠えで教える」

グゾンは、「分かった」と言って、ビライの住処を出ていった。

謀反

シュウガの住処で目を覚ましたユウは、気を取り直し普段の明るいユウに戻っていた。昨夜シュウガが掛けてくれた海鳥の羽根を払うと、すっかり毛は乾いていた。

そして外に出ると、昨夜の雨で雪は解けて、辺りの景色は変わっていた。ユウは、岩の間から流れる水を飲むと、遠くに見える海を見ていた。

そこにシュウガが起きてきて、ユウに「おはよう」と声を掛けると、ユウも「おはよう」と言ってから、

「私、決めたわ。あなたが良ければ、この住処で一緒に生きていくわ。もう二度と狼の縄張りには戻らない。私、毎日何をしたらいいの、何でも言ってね」

それを聞いたシュウガは嬉しくなり、老犬とコウが眠っている墓の前に座ると、

「ユウと一緒に、この住処を守っていくよ」

と報告すると、遠吠えの真似をしてユウを笑わせた。

その頃、ロルフの住処では、ユウがいないことで白色狼の中では大変な騒ぎになっていた。父親ラルヒと母親ニコンは配下を集め、他の種に知られないようにユウを捜して連れてくるよう命じた。

そこにユウの兄であるコアが現れ、ラルヒとニコンに、

「ユウなど、捜す価値がありますか？　どうしても連れてこいと言うなら、私に任せてください。心当たりがあります」

ラルヒとニコンは顔を見合わせ、

「では、お前に任せるから、必ず今日中にユウを連れてきなさい」

とラルヒが言うと、コアは「分かりました」と返事をして出ていった。

コアは自身の住処に戻ると、アザラシの肉を食べながら配下を呼んで、「すぐにテラを連れてこい」と命じた。しばらく経つと配下の者がテラを連れて戻ってきた。コアはいきなり、

「ユウは何処にいる？　早く話せ。……そうか、お前確か、口が利けなかったよな。では、お前が先に歩いていけ。そのあとをついていくから、早く歩け！」

と大きな声を出したが、テラは首を横に振るだけで動こうとしなかった。頭に血が上ったコアは、テラに飛び掛かり、耳を噛んで首を激しく左右に振ると、テラはあまりの痛さ

にキャンと声を上げたが、コアは耳を咥えて離さなかった。耳の付け根から血が顔に滴り落ちると、いったん口を離し、恫喝した。

「早くユウのところに歩いていけ」

それでもテラは、首を横に振り続けた。するとコアは、

「歩くのが嫌なら脚など必要ない」

と言って、テラの右前脚の膝下に噛み付き、何度も首を左右に振り続けた。


その頃、ラルヒはコアに任せたものの胸騒ぎがし、近くにいた配下にコアの様子を見てくるように促した。配下は急ぎコアの住処に走って、中に入ると、テラの耳からは血が流れ、真っ白な体は、真っ赤になって横たわっていた。配下がよく見ると、右前脚は噛み切られており、その脚をコアが咥えていた。

すぐに配下は戻り、見た光景をそのまま報告したと同時に、ラルヒはコアの住処に走っていった。

ラルヒは、横たわっているテラを見ると、激怒してコアを怒鳴りつけた。

「仮にもお前の妹ではないか！　どうしてこんなことをしたんだ」

コアは平然と返した。

「次期ロルフになる私に逆らったから、教えただけです」

ラルヒは呆れて言葉が出なかった。ラルヒは配下に、テラを違う場所に移し、傷の手当てをするよう命じ出ていった。

そしてラルヒは、満月まであと15日だが、コアを次期ロルフにして本当に良いものか、三種の狼をまとめていけるのか、己に問うていた。


5日経っても、ユウは戻ってこなかった。同じ白色狼の中では、あの日ユウはロルフの後を追って、海に身を投げたのではないか、そんな噂まで流れていたのであった。

シュウガとユウは、あの日から一緒に狩りをしたり、草原や海辺を走ったり、楽しく毎日を過ごしていた。そして、いつも夕方になると住処に戻って、夕陽を見ながら話をしていた。

この日も2匹で話をしていると、下の方からざわついた声がシュウガの耳に入ってきた。シュウガは、あっと思い、焦ってユウに岩穴の中に入るように言って、皆が来るのを待っていた。

初めにオットが上がってきて、

「シュウガ、元気だったか？　顔を見に来たぞ」

と声を掛けながら来ると、次にグイシー、コロン、レク、ライ、親衛隊2匹に猟犬2匹が上がってきた。シュウガは、親衛隊も猟犬も何も咥えていないので、狩りの帰りではないことは分かったから、

「今日は、ぼくに話でもあって来たの？」

とシュウガが言うと、レクとライが、

「そうなんだよ。あれからすっきりしなくてな」

話は俺がすると言ってグイシーが、

「実は、この前2匹のメスを連れてきたよな。シュウガはまだ嫁のことは考えていないと言って話は終わったが、あれから皆で帰ってから話した結果、シュウガはどちらのメスが良かったのか、それだけ聞きたくて今日来たということだ。さあ、シュウガ、どっちが良かったのか言ってくれ」

シュウガが「そんなことは言えないよ」と言うと、オットが、「それでは勝負にならん。どっちでもいいから言ってくれ」と急き立てた。

シュウガは、言うのは簡単だが、言えばユウに聞こえてしまうと思い黙っているとそこに、

「皆が聞いているんだから、教えてあげればいいでしょう。私も聞きたいわ」

と言ってユウが岩穴から姿を現した。皆はユウを見て驚いたのか、声を出す者はいなかった。そこにシュウガが、

「ぼくの友達のユウだよ。皆、よろしくね」

と紹介すると、ユウが、

「友達ですって。違うでしょう。犬で言えば、私は嫁よ」

とシュウガに言い返した。これを聞き、また皆は驚き、口を開く者はいなかった。

しばらくするとオットが、

「俺はこの子を縄張り内で見たことがないが、皆知っているか」

と言って、グイシー、ライ、レクの顔を見回したが、皆首を横に振ったので、オットは
「シュウガ、説明してくれないか」と言ってきた。

「皆には以前に話したと思うけど、ぼくがこの島に辿り着いたときは意識不明だったけど、気が付いたらユウが傍にいたんだ。動けないぼくに、ユウが水と餌を与えてくれたから、今こうして生きていられるんだよ。ユウはぼくの命を救ってくれたんだ」

「すると何か、命を助けてもらった狼とは、この子のことか」

オットが言うと、レク、ライ、コロンは、狼と聞いて顔色が変わった。狼には、仲間を

殺された恨みを抱えていたからだ。それをグイシーがなだめた。

「オット、ライ、レク、コロン。この子はシュウガの命を救ってくれたんだし、この間も情報を教えてもらった。狼だからといって、悪いと決めつけるのはどうかな。それに、ここは犬の縄張り、といっても、シュウガの縄張りではないか。まずは詳しく話を聞こう」

と言うと、ユウが「シュウガ、私が話すわ」と言って話し始めた。

「私は、狼のロルフの孫で、ユウといいます。私の父親はラルヒといって、次にロルフになりますが、私は群れの中でも、両親とはある事があってからうまく行かず、兄とも仲は良くありません。唯一信頼していたのが、お爺様のロルフでした。そのお爺様が5日前に亡くなってしまい、私には帰る場所もなく、気が付いたらここに来ていました。きっと、心の中でシュウガを頼っていたのだと思います。私は狼を捨て、シュウガと共に生きていくことを決めました。皆さん、よろしくお願いいたします」

と言って、ユウは頭を下げた。すると皆は頷き、オットはグイシーの顔を見ながら、

「犬の縄張りに1匹きれいな子が増えたよな」

「そうだな。ここにいるユウは、もう狼ではない。俺らと同じ犬で、仲間だ」

とグイシーが言うと、レクが、

「ユウが犬の中で一番きれいだよ」

それを聞いたオットは、

「では何か、うちの娘が2番になったのか」

「いや3番だ」

とグイシーが言ってから話をまとめた。

「皆、今回の賭けも流れたが、これですっきりしたよな」

シュウガとユウは皆に礼を言って、その日は時間が経つのも忘れ、皆で朝まで話をしていた。

謀反

ビライは、満月の前の日にグゾンと幹部を住処に呼んで、明日の手筈を整えていた。

そして、その日が来ると遠吠えをさせ、黒色狼だけを砂浜に70匹集め、最終確認を終えると、大きな岩に一瞬で駆け上がり遠くを見つめていた。その頃、ロルフの住処では、ラルヒを始め長男であるコア、幹部、配下、白色狼80匹が揃い皆が来るのを待っていた。

まず初めに、月の光に照らされ、グゾンが先頭に、次々に灰色狼が上がってきた。その数およそ80匹、グゾンはラルヒに挨拶すると、黒色狼が上がってくるのが目に入った。上がりきった黒色狼の中に、ラルヒの前に行き挨拶する者はいなかった。それを見たコアは、

「ビライの子が黒色狼のボスになったのではないのか、その中にいないのか。早く出てき

てロルフに挨拶しろ」

と唸った。すると、しばらくしてから黒色狼の中から、

「何がロルフだ。まだ決まったわけではない」

と言って、ビライが姿を現した。

それを見たラルフとコアは驚き、白色狼全体が一歩前に出た。ラルヒは、

「何故、絶縁になったビライがここにいるのだ。説明しろ」

と言って、大きな声を出すと、ビライはゆっくりラルヒの前に行き立ち止まったと同時に、灰色狼と黒色狼が素早く動き、白色狼1匹に対し、黒色狼と灰色狼1匹ずつ左右に着き、身構えて白色狼が動けないように封じてしまった。そこでビライが口を開いた。

「皆、俺の話を聞いてくれ。この島は、何百年も前から狼が住み着いて守ってきた島である。それが20年前、ロルフの気まぐれで、犬をこの島に入れ島半分を奴らにくれてしまった。当時はたかが何十匹の犬が、今では600匹を超えている。このまま増え続ければ必ず餌が足りなくなり、狼の縄張りに入ってくる。そのとき戦っても犬の数は今より多い。簡単に勝てるとは思えない。そこで俺は、今から犬の数を少しでも減らそうと考え犬どもを殺したが、皆も知ってのとおり絶縁となった。こんな馬鹿げた話があるか。俺を絶縁にしたのは、このラルヒの野郎だ。こんなものをロルフにしたら、この島は犬の島になって

しまう。それでもいいのか。それにラルヒの長男をみんなよく見てみろ。尾っぽを股の間に入れ震えているではないか。これが次期ロルフになる跡目だと。笑わせるな」

それでもラルヒと白色狼の幹部らは怯まずに、「これは掟破りだ」と言って、戦う構えを見せた。だが、ビライはその幹部らに語りかけた。

「殺し合いはいつでも受けるが、もう一つ話を聞かせよう。このラルヒは、妻子がいるのに他のメスに手を付け子まで作った。狼には一夫一妻と決めた掟がある。私欲に溺れ、子まで作った責任はどう取るつもりだ。これでもロルフの資格があるというなら、前に出て説明しろ」

これを聞いた皆は驚き、白色狼の幹部らはラルヒの顔を見た。ラルヒは少し間を空けてから、

「分かった。責任はこの命で償う。その代わり一族は生かしてほしい」

と言ったが、ビライは、

「お前の命だけでは済まぬ。妻子の命をもらう。それに、俺に従わぬ白色狼は、今すぐこの場で殺す」

と言って、配下に目で合図すると、黒色狼5匹がラルヒに飛び掛かった。そして首、肩、

脚に噛み付き激しく左右に振ると、ラルヒの身体は次第に真っ赤に染まり崩れ落ちた。ラルヒの息の根が止まると、この5匹はラルヒを引きずり、滝がある崖から落とした。泣き喚くコアも同様に殺し、滝に投げ込んだ。

そこでグゾンが、白色狼に向かって、

「これは謀反ではない。ラルヒは正式にロルフになったわけではないし、まして一夫一妻の掟を破った。俺はビライがロルフにふさわしいと思うが、不服の者はいるか。これから皆で協力し合って、昔の狼の島に戻そうではないか」

グゾンの言葉を聞いて、白色狼の幹部らは反対する者はいなかった。ビライが声高く宣言した。

「今日からこのビライがロルフだ。犬の縄張りに入って獲物を捕るも良し、犬を殺すのも良しとする。そしてこの住処は、俺とグゾンで使うから、白色狼は出てこの近くに新たに住処を作るように。それからラルヒの妻子を見つけ次第殺せ」

そのとき、遠くから一部始終を見ていた白色狼の配下は急ぎテラの住処に行き、事態を報告した。テラは右前脚をコアに食いちぎられていたが、血は止まり傷口は治りかけていた。テラは3本脚でユウの元に懸命に走ったが、老犬の森の入り口付近で力尽き倒れ込んでしまった。

　朝方、狩りを終えたオットらがシュウガの住処に向かう途中に、先に歩いていたレクがテラを見つけると、声をあげた。

「皆、早く来てくれ。犬が倒れているぞ」

　皆はすぐ駆け寄りオットが見ると、

「これは犬ではない。狼の子だ。ユウに似ているではないか。まだ息があるのか？」

　とレクに聞くと、レクは鼻先をテラに付け、息があるのを確認して、首を縦に振ってみせた。グイシーが、

「この子はユウに会いに来たのだが、力尽き倒れたんだ。脚に傷を負っている、それに耳までやられているな。よくここまで来られたものだ。何か大変なことが起こったに違いない。シュウガの住処に早く運んでいこう」

　そう言って、グイシーは倒れているテラの横に親衛隊を伏せさせた。皆でテラを軽く咥え背中に乗せると、親衛隊はゆっくり歩き出した。オットは猟犬に、急ぎシュウガとユウにこのことを伝えるように指示をした。

　猟犬から聞いたシュウガとユウは、急いで下って森に入ると、オットらに合流し、ユウはテラを見るなり、

「どうしたのテラ、しっかりしなさい。何があったの？」

と声を掛けても、テラは目も開けずに死んだようにぐったりしていた。ユウは焦りまた声を掛けるが、オットが止めた。

「気を失っているから何を言っても無駄だ。住処に連れていき水を飲ませれば気が付くかもしれん」

住処に着くと、ユウは水を含みテラに飲ませたが、気が付く様子はなかった。するとレクが、

「この子は脚と耳に傷がある。脚の傷は治りかけているようだが、耳は半分取れかかっているし、そこから嫌なにおいがしている。これを治さないと命取りになるぞ」

レクは仲間の怪我を数多く見てきたので知識があった。このことを知っているグイシーは、

「レク、この子の命を救ってくれ。どうしたらいいのだ」

ユウも心配で、

「私は何をすればいいの？　教えてください」

と言うと、レクは、

「この子が気を失っているうちに、この子の耳を根元から取り、それから傷口を舐めれば治るかもしれない。この中で噛み切る力が一番強いのはシュウガだ」

「可哀想でぼくにはそんなのできないよ」

「お願い。テラの命が懸かっているの」

シュウガは仕方なく、テラの耳を口の中に入れ、一瞬で噛み切った。ユウは血の出る傷口をきれいに舐めた。しばらくするとテラがゆっくり目を開け、ユウの顔を見るなり涙を流した。ユウがテラに「何があったの？」と聞くと、テラは目と首を使って一生懸命説明していたが、ユウ以外にそれを分かる者はいなかった。しばらく経つと、ユウが、

「分かったわ。皆さん大変な事が起こりました。昨夜、私の父親と兄が、ビライとグゾンに殺されました。これだけなら私事ですが、ビライがロルフになって初の命令が、犬の縄張りに入って獲物を捕るのも犬を殺すのも良いと言ったそうです。もはや互いの縄張りを荒らさないといった掟はなくなりました」

それを聞いた皆は驚いたが、グイシーが、

「これで仲間の親衛隊や猟犬の仇が取れる。こちらから先手を打って出たらどうだ」

と言ってオットの顔を見た。オットは、

「まず事態を仲間に知らせよう。レク、ライはすぐに戻り、コロンと親衛隊にこのことを知らせてくれ。それから狩りをするにも、明日からは10倍の数で行動するように。この2匹の猟犬は連絡係に使うので置いておく」

レクとライは「分かった」と言って、シュウガとユウに目で挨拶すると、急ぎ走っていった。

「しかし、わからぬことがある」

と言ってグイシーが話し始めた。

「狼の掟は厳しいはずだが、謀反がこんな簡単にできるのか。白色狼は最強と聞いていたが、どうして戦わずにロルフの地位を明け渡したのだ。何百年前から白色狼がロルフになると決まっていたのに、おかしくないか」

それを聞いていたユウは、話をするか迷ったが、口を開いた。

「このことは死ぬまで黙っていようと思ったのですが、お話しします。私の父親のラルヒが母親以外のメスを好きになってしまい、そのメスとの間に子が3匹生まれました。それを知った母親のニコンは、激怒してそのメスと子を殺すよう配下に命じたのです。私はそのとき偶然に配下が殺しているのを見てしまいました。配下に止めるよう言ったときは、このテラだけがまだ殺されずに生きていました。でもテラはそのときの恐怖から口が利けなくなったのです。私はこのときから両親とはうまくいかず、お爺様のロルフのところに行くようになりました。狼は一夫一妻の掟があります。一緒になったら一生死ぬまで他の者と交わることはできません。どちらかが先に死んだ場合は、後を追って死ぬか、死ぬまで1匹でいるか、二つに一つしかないのです」

それを聞いたオットとグイシーは互いに顔を見合わせ、

「そこへいくと犬は自由だよな。どちらかが先に死んでも、すぐまた相手を作るしな」

「オット、お前は作り過ぎだ。これからは犬もこの問題を考えないと、子が増えすぎて大変な事になるぞ。シュウガも犬だから気を付けろよ」

「ぼくは、そこは狼と同じだよ。でもビライは、一度絶縁になって、どうしてロルフになれるの？　まだグゾンなら分かるけど」

「今思うと、初めから全てビライは計算していたのよ。ビライはまずグゾンと手を組み、自身を絶縁させたの。犬の縄張りに入って犬を殺し、絶縁になれば、狼のために絶縁になったビライは、狼の皆から同情されるでしょう。その反対に、絶縁にしたラルヒに、皆不信感を抱くわ。初めからビライは、ロルフの地位を狙っていたのよ。お爺様が病気で伏せっていたことも知っていたんだわ。今となっては何を言っても仕方ないけど。とにかく、単独行動はさせないことね」

それを聞いてかグイシーが、

「親衛隊をシュウガの森に明日から30匹置いたらどうだ」

とオットに言うと、「そうだな。すぐ手配する」と言って、猟犬1匹を走らせた。

そして皆で、次にビライがどんな計略で攻めてくるか、話し合って備えはしたが、10日経っても20日過ぎても、狼が攻めてくる気配はなかった。

その頃ビライは、三種の狼に役付けを与え忠誠を誓わせ、狼を一つにまとめあげていた。そして抜かりなく犬の行動を配下に調べさせていたが、あの日から犬は巨大な群れをつくり行動していると聞き、手が出せずにいた。

グゾンがビライに、

「どうして犬どもは、あの日から行動が変わったのだ。不思議でならぬ。まさか狼の中に密告している者でもいるのか」

「犬の縄張りに入ればいずれ分かる。それより今は、浜辺にあいつらがいなくなる時期だから、今のうちに余分に狩って確保しておいてくれ。それにあと10日もすれば、犬の群れは崩れるだろう。そのとき、白色狼を使うから手筈を頼む」

グゾンには、ビライの言っているように、犬の群れがどうして10日もすれば崩れるのか分からないが、戦いのためにアザラシの肉を確保することは分かったのであった。

命

島は日に日に暖かくなり、森は緑一色となって、草原には色とりどりの花が咲いていた。シュウガとユウは、親衛隊にテラのことを頼み、海辺の道を東に歩いていた。シュウガは、左側に大きな木が見えると、それを指して言った。

「あの木から裏にある森を抜けると、犬の広場があるんだよ」

「行ってみたいわ。私、オットもグイシーも好きだけど、レクと話が合うの。皆がどんな生活をしているか興味あるわ。それに犬のメスをみてみたいわね。早く行きましょう」

「では、帰りに寄っていこうか」

「もしかしたら、今から猫に会いに行くの?」

「そうだよ。もうすぐだから走っていこう」

と言って、シュウガとユウは、岩山に着くと回り込んで、猫の住処の岩穴の前に立つと、「クー、ラー、ソマ」と声を掛けた。返事がないので、シュウガは入り口から頭を入れ、体をよじって中に入ろうとしたが、中は熱気が強くて入れず、すぐ出てくると、ユウが問いかけた。

「どうしたの？」

「中は熱くて入れないよ。皆、何処に行ったんだろう」

と言ってシュウガは考えていると、ユウが、

「聞こえるわ。裏の方よ」

シュウガも聴覚には自信があった。

「ぼくには何も聞こえないよ」

「狼の方が聴覚は優れているようね。こっちよ。ついてきて」

ユウはそう言って走っていくと、岩山に半分囲まれている広場のような場所が見えた。草が均等に生え揃い、その上に数多くの猫が、日を浴びながら毛繕いしたり昼寝をしたり、くつろいでいるように見えた。その近くには、岩山から滝が流れ落ち、それが小川となって海まで続いていた。

「喉が渇いたわ。水が飲みたいけど、急に行ったら皆驚くでしょう。どうしたらいいの？」

「ラー、クー、いるかい？　ぼくだよ、シュウガだよ」

シュウガが声を掛けると、猫が一斉に振り向いた。クーとラーは走ってくるとシュウガ

の脚に絡みつき、「シュウガ、無事でよかった」と言って涙をこぼした。シュウガは、

「ぼくなら元気だよ。ラーとクーは大袈裟だな。それより、しばらく見ない間に大きくなったね。ぼくの隣にいるのはユウだよ。よろしくね」

と言って、ユウが喉が渇いているから、あの滝まで連れていってくれるように頼むと、ラーとクーは、「分かった。ついてきて」と言って走っていったので、ユウはその後ろをついていった。

シュウガは広場を何度も見渡したが、ソマはいないし、以前一緒に狩りをした仲間も見当たらなかった。シュウガは近くにいた猫に、

「ソマはいないの？　何処に行ったの？」

と聞くと、その猫は首を横に振るだけで、何も答えてくれなかった。シュウガは数十歩歩いてまた違う猫に聞くと、その猫も首を横に振るだけだった。何かおかしいと思ったが、その日はクーとラーと、4匹で広場の岩陰で話をしながら眠りに就いた。

次の日、朝日と共に目覚めたシュウガとユウは、クーとラーに別れを告げ、猫の縄張りを後にした。少し歩き始めるとユウが口を開いた。

「シュウガ。クーとラーだけど、何か隠しているように思うのは、私の気のせいかしら」

「ぼくもそのことを考えていたんだけど、分からないんだ」

「クーとラーが最後に言った言葉が気になるわ。泣きながら、『必ずここに帰ってきて』と言ったでしょう。どういう意味かしら」

「それもそうだけど、ソマの姿がなかったのも気になるよ」


シュウガとユウは、犬の縄張りに行く途中に海鳥を捕って腹を満たし、海沿いの道を真っ直ぐ南に歩いていた。そして、犬の縄張りの目印の大きな木が見えたそのとき、森の方から猟犬50匹くらいが群れをつくり海辺の道まで来ていた。シュウガとユウに気が付いた猟犬は、シュウガの傍に駆け寄った。

「シュウガ様、大変なことが起こりました。昨夜、シュウガ様の森を護衛していた親衛隊10匹が狼に殺されたそうです」

これを聞いたシュウガとユウは驚き、「オットとグイシーは何処にいるの?」と聞くと、

「先に親衛隊を連れて森に向かいました」と猟犬は答えた。

ユウはテラのことが心配になり、

「シュウガ、私たちも一緒に、早く行きましょう」

と言って皆で走っていくと、森の手前にある草原に、グイシーとオットらが揃って話をしていた。シュウガとユウはオットの傍に行き、「いったい、どういうことなの」と尋ね

ると、オットは、

「すまん、シュウガ。30匹で森を護衛させていたが、今はその、発情期に入ったせいか、若犬はメスに会いに行ってしまい手薄になってしまったのだ」

シュウガは、

「テラのことが心配だから、取り敢えずぼくの住処で話し合おう」

と言ってユウを連れて住処に向かったが、途中森の中に親衛隊の無残な亡骸がいくつもあり、シュウガとユウは胸が張り裂ける思いで通り過ぎていった。

住処に近づくと、テラが三本脚でユウに駆け寄ってきた。ユウは「無事でよかった」と言いながら、テラの顔を何度も舐めてあげていた。

オット、グイシー、レク、ライ、コロンは、それぞれ配下を連れてシュウガの住処に上がってくると、

「これは黒色狼・ビライの仕業に違いない。このまま少しずつ仲間を殺し、犬の力を削ぐ考えだ。このままでは、奴らの思うツボになる。何か良い策はないものか」

と皆に話すと、ユウが、

「確かに裏で指示しているのはビライですが、昨夜の出来事は白色狼の仕業です。残っていた毛とにおいで分かりました。私が謝ってもどうにもなりませんが、私が白色狼らに

会って、ビライの言うことを聞かないよう説得してきます」

するとシュウガも、

「ぼくも一緒に行って話し合ってくるよ」

と言うと、グイシーが止めた。

「ユウは、二度と狼の縄張りに行かないと言ったはずだ。狼を捨て、犬になったと言ったのは嘘だったのか。それに今は、ビライがロルフだ。白色狼がロルフを裏切ってユウの話を聞くとは思えない。死にに行くようなものだ。とにかくユウもシュウガも、狼のところには行かないと約束してくれ。これから皆と戻って相談して、10日後にここに来て報告する」

シュウガとユウは、互いに顔を見合わせながら、グイシーに「分かった」と返事をした。グイシーは、「明日から森に30匹親衛隊を入れておく」と言って、オットと皆を連れて引き揚げていった。

グイシーは走りながら縄張りに戻る途中、オットと目が合うと、「この段取りはグイシーに任せた」とオットが言ったのだった。

戻ったグイシーは、洞窟にオットはじめレク、ライ、コロン、幹部らを全部集め、いつもと違う鋭い顔つきで話し始めた。

「これから俺の考えを話すが、反対の者は黙ってこの洞窟から出ていってくれ。命がけだから無理強いはしないし、咎めもしない。

昨夜、親衛隊が狼に殺されたことは知っていると思うが、今日までに猟犬合わせ60匹近い仲間が奴らに殺された。奴らは、少しずつ犬を殺していく腹だ。このまま奴らに何もしなければ、俺らの力は日に日に削がれ、気が付いた時には手遅れになり、完全に犬は負けるだろう。今現在、奴らの戦える数は三種合わせおよそ２００匹だ。犬はまだ、３００匹を超えている。今なら、正面から戦えば勝つ見込みはあると思う」

と言って、グイシーはレク、ライ、コロンの顔を見渡すと、レクが、

「反対する者はいないはずだ。皆、仲間の仇をとりたくて、その言葉を待っていたんだ」

と言うと、ライ、コロン、皆も頷いた。グイシーはそれを見て、

「皆、５日経ったら朝広場に集まり、狼の縄張りに乗り込むことにする。その日まで悔いのないように周りの者に別れを告げ、戦いに備えてくれ。それから親衛隊は、シュウガの森の警護を、交替しながら常に30匹置いておくように。５日後のことは、シュウガの耳に決して入れてはならぬ」

皆が洞窟を出ていくと、オットが話しかけた。

「グイシー。シュウガとユウは大丈夫か。このことが知れたら、２匹は先に動いてしまう

ぞ」

「分かっている。決して耳に入れぬよう、もう一度手筈を整える。シュウガが生きていれば、俺らが死んでもこの縄張りはシュウガが守ってくれるだろう。それにオット、ユウの腹を見たか？　シュウガは知らないようだが、子ができている」

「俺が分からないと思ったのか。今まで何匹も見てきたから、すぐ分かった。生まれる日も近いだろう。ただ、シュウガとユウの子が見たかったな、グイシー」


その頃、ロルフの住処では、ビライにグゾンが犬をどう攻めていくか話し合っていた。

「昨夜、白色狼を60匹、森に送り込み、親衛隊とやらを10匹殺したが、白色狼も6匹、深傷を負ったらしい」

とグゾンが報告すると、ビライは答えた。

「戦える白色狼をもう一度使って殺しに行かせるが、親衛隊は避け猟犬を襲うことにする。猟犬は現在50~60の群れで行動しているようだが、白色狼も数は同じようだが負けることはない。たとえ白色狼が死んでも、猟犬の数を減らせば仕上げが楽になる。今まで通り、配下に犬の様子を事細かく調べさせてくれ」

「分かった。ところで何故この間、森にいた親衛隊の警護が手薄になることが分かったのだ？」

「俺は2年前から犬の様子を調べさせていた。奴らはこの時期になると、発情期がきて子をつくる。狼より1カ月くらい遅いことが分かった。まだ当分、奴らはそれが忙しく、警備どころではあるまい。それに次から犬のメスでも子供でも、遭遇したら殺すように配下に伝達してくれ」

グゾンは、「分かった」と返事をしてから、「犬を絶滅させた次は、猫を殺すのか」と聞くと、

「猫は、この島に置いておいても、狼に害はない。むしろ餌に困ったときには食料になる。今殺す必要はあるまい」

とビライは言ったのであった。


そして5日目の朝、広場には犬が全部集まり、戦いに行く犬は横に並び、オットとグイシーが来るのを待っていた。そして2匹が現れ、オットが話をしようとしたとき、

「オット隊長、話を聞いてくれ。わしは引退して何年も経つが、このまま死を待つより、戦って死にたい。若犬の足を引っ張るようなことはせんから一緒に連れていってくれ」

と老犬が言うと次々に老犬が前に出て、「わしも頼む。連れていってくれ」と言い出し

た。

オットは困り、グイシーの顔を見ると頷いていたので、オットは、「分かった。老犬も連れていくことにする」と言って、話を続けた。

「これから出れば、昼頃には狼の縄張りに入り、戦いが始まる。決して生きて帰れると思うな。敵を1匹でも多く殺すことに集中しろ。それが子孫のため、この縄張りを守ることになる」

グイシーは配下を1匹呼んで、「お前は先に行き、森にいる親衛隊を下の草原で待つよう伝えてくれ」と指示を出した。

オットとグイシーが先頭に立ち、残ったメスと子供らに見送られ、広場を出ていった。戦える犬の数は、老犬30匹が加わり、総勢350匹となった。そして親衛隊と合流したオットらは、狼の縄張りに昼頃入った。

するとすぐに遠吠えがいくつも聞こえてきた。オットは、

「遠吠えなど気にするな！　ロルフの住処に向かうぞ！」

と大声を出した。

ロルフの住処の下の方では、遠吠えを聞き、白色狼は60匹で犬が来るのを待っていた。

オットとグイシーは、白色狼を確認すると一旦立ち止まって、オットが、

「白色狼を殺すのは、ユウのことを考えると戦いづらいよな」

とグイシーに言うと、

「ユウは俺らの仲間で、犬だ。忘れたのか」

オットは、「そうだったよな」と言ってから、「皆行くぞ！」と掛け声と共に、白色狼の群れの中に真っ先に飛び込んでいった。

白色狼1匹に対し、犬は数匹が一緒になって掛かっていくので、最強と言われた白色狼も時間が経つにつれ数が減っていった。

その戦いを上から見ていたビライは、グゾンに、

「白色狼が全滅したら、グゾンの配下は下から攻めさせてくれ。俺の配下は、上から攻める。そこで白色狼の戦いを見て気付いたのだが、犬を攻めるときは首を狙わず、脚だけを攻撃するよう指示を出してくれ」

グゾンは、「分かった」と返事をして、その場を離れていった。ビライは、心の中で「この中にグイシーがいるはずだ。決して生かして帰さぬ」と己に言い聞かせていた。

遠吠えは連鎖して、今まで以上に激しく響き渡っていた。

最後の白色狼の息の根を止めると、オットとグイシーは先頭に立ち、ロルフの住処に駆

け上がろうとしたそのとき、上から勢いよく黒色狼80匹が駆け下りてきた。オットとグイシーは一旦立ち止まり、一斉に犬が身構えると、黒色狼も構えた。すると下の方から灰色狼の群れが同じような数で上がってくると、これもまたいつでも攻められるように身構えた。

互いに動かず見合っていると、低い声の遠吠えが聞こえたと思ったそのとき、狼が一斉に犬に飛び掛かっていった。犬も怯むことなく狼に飛び掛かっていき、激闘が始まった。犬は狼に対し、倍の数がいた。初めは犬が数で狼を倒し有利であったが、時間が経つにつれ狼の方が優勢になっていった。狼は体力を維持するために、無駄な動きはせずに犬の脚だけを狙って攻撃していた。脚を取られた犬は、一瞬で折られ、中には食いちぎられた犬も多かった。脚を折られた犬はもがき苦しみ戦うことができず、狼の咬合力の凄さに怯え後退りしていた。

これはまずいと思ったオットは、「グイシー、後のことは頼む」と言って、狼の群れの中に自ら飛び込み、一瞬で狼の首を咥えると、激しく首を左右に振った。傍にいた黒色狼数匹がオットを離そうと身体中に噛み付いてきたが、オットは脚を折られ背中の皮膚を食いちぎられようと、狼の首を最期まで離さなかった。

それを見た犬は、オットに勇気をもらったのか、次々に狼に襲い掛かり、二度目の激闘が始まった。

そして1時間が過ぎた頃、上から見ていたビライは、「勝負がついた」と呟いて、グゾンに目で合図をすると、グゾンは低い声で遠吠えをした。すると戦っていた狼は攻撃を止めて後ろに下がった。

生き残った犬は7匹であった。グイシーと親衛隊3匹、レクと部下2匹だけだった。狼は黒色灰色合わせ、三十数匹が生き残った。

ビライは、下に降りてきて、

「この中にアラバイのグイシーの血筋はいるか」

と聞いた。グイシーが一歩前に出て、「俺がそうだ」と言うと、ビライの目が一層鋭く光った。

「そうか、お前がグイシーの血筋を引いているのか。生き残った犬はここまでよく戦った。グイシー以外の犬は痛みを与えず殺してやるが、グイシー、お前は違う。その4本の脚をもらおう」

と言ってビライは配下に目を遣ると、数匹がグイシーに飛び掛かっていった。その中の1匹が素早くグイシーの首を咥えると、他の狼は脚を咥え1本1本砕いていった。グイシーに激痛が襲ったが、声一つ漏らさず耐えながら死んでいった。グイシーが死んでも、

4本の脚を食いちぎるまで、狼の攻撃は緩むことはなかった。

それを見ていたレクが「俺らも好きなように早く殺せ」と言うと、狼は次々襲い掛かり、残った6匹の命を奪った。

グゾンは、「まだ息のある犬は殺し、息のある狼は手当てをしろ」と言って、ビライと住処に戻ると、ビライがため息をついた。

「まさか犬どもが先に仕掛けてくるとは思わなかった。仲間を多く犠牲にしてしまったが、これで20年前の狼の島に戻ることができる。新しく生まれてくる子のためだと思えば、無駄死にではない。これからも三種の狼が一枚岩となって、この島を守っていかなければならない」

グゾンは首を縦に振ると、問いかけた。

「犬の縄張りに残っているメスと子はどうする?」

「これを放置しておけば、また戦いが起こる。近いうちに全部命を取るから心配するな」

シュウガは、あの日住処に戻ってから、午後になるとユウとテラを連れ、森に毎日入っていた。決まって親衛隊に声を掛け、同じ大きな木の前で、テラの後ろ脚を強化するために指導していた。今日も時間になると、「ユウ、テラ、森に行くよ」と声を掛けたがユウは、

「シュウガ。私、今日も具合が悪いから、ここにいるわ。テラをお願い」

と言うので、シュウガは「分かった」と返事をしてテラを連れ森に入った。親衛隊の姿

は見えなかったが、シュウガは気にも留めず、テラに指導を始めた。

「この木に上がれると思ってジャンプするんだ。もっと後ろ脚を強く蹴らないと上がれな

いよ。もっと強く、もっとだ」

テラは一生懸命後ろ脚を蹴って、シュウガの言うことを素直に聞いていた。そして森の

隙間に夕暮れの日差しが差し込むと、シュウガはテラを励ました。

「また明日、頑張ろうね。この調子でいけば、あと1カ月もすれば、あの枝に上がれるよ

うになるよ。そしたら次は、左前脚を鍛えるんだ。三本脚でも、テラは最強になれるよ」

テラは恥ずかしそうに目を細め頷いた。

シュウガとテラが住処に戻り、岩穴に入ると、ユウが横になって苦しそうな息遣いをし

ていた。心配になり、

「ユウ、苦しそうだけど大丈夫なの？」

と声を掛けると、ユウは、

「私なら大丈夫よ。一晩寝れば明日には治るわ。心配しないで」

と言ったが、シュウガは気が気ではなかった。シュウガは急に何かを思い出したように、

「そうだ。親衛隊の皆に聞けば知っているかもしれない。テラ、ユウのことを看ていて。すぐ戻るから」

と言って、シュウガは岩穴を出ると急ぎ森に向かった。

森に着いて声を出し親衛隊を捜したが、何処にも見当たらず、下の草原まで行っても姿はなかった。シュウガは何かおかしいと感じ、においを頼りに歩いていくと、犬のにおいは南に続いていた。このまま南に行けば、狼の縄張りに入ってしまう。シュウガは、もう一度念のために神経を集中してにおいを嗅ぐと、においは確かに狼の縄張りまで続いていた。

シュウガは胸騒ぎがし、構わずにおいを頼りに狼の縄張りに入っていった。犬のにおいは強くなり、間違いなくここに来ていると思った。

しばらくして上に上がっていくと、薄暗くてよく見えなかったが、近くに行くと数え切れないほどの犬と狼の亡骸が目に入ってきた。シュウガはその亡骸を見ながら一歩一歩ゆっくり歩いていくと、無残に死んでいるコロンとライを見つけてしまい、シュウガは胸

が張り裂けるほど悲しい気持ちになっていた。コロンとライの周りには、話をしたことのある猟犬と親衛隊も死んでいた。

シュウガは、考えたくもなかったが、もしかしたらオットもグイシーもこの中にいるのではないかと思い、捜し回ると、横たわるオットを見つけてしまった。シュウガは泣きながら、

「オット、何故ぼくに教えてくれなかったの、何故だ」

と何度も言ってから、オットをよく見ると、4本の脚は変形して折れ曲がっていた。すると涙は止まり悲しみは消え、憎しみだけが心の中に湧き始めた。

シュウガは、この上にはロルフの住処があり、そこにビライがいるはずだと思い、上に上がっていくと、脚のないグイシーの亡骸が目に入った。その近くにはレクの亡骸もあった。それを見たシュウガは「この仇は、必ずぼくが取る」と言って、坂道を上に駆け上がっていった。

そしてロルフの住処の前に立つと、シュウガが「ビライはいるか!」と声をあげた。黒色狼が2匹出てくるなり、シュウガに襲い掛かってきた。シュウガは、2匹の攻撃をジャンプして躱し、横に回り込み顔に噛み付き顎の骨を砕くと、もう1匹の後ろ脚を咥え骨を折った。素早いシュウガの攻撃に2匹は一瞬でやられ、もがき苦しんでいた。そしてシュ

ウガはもう一度、

「ビライはいるか、早く出てこい！」

と大声で言うと、ビライとグゾンが配下を連れて姿を現した。シュウガが、

「黒色のお前がビライで、隣の灰色のお前がグゾンか」

と聞くと、黒色狼が1匹、またシュウガに襲い掛かってきたが、それも一瞬で躱し、背後に回って首を取って放り投げた。それを見たビライが言った。

「見たところ若犬のようだが、確かにお前の敏速さと力はずば抜けている。だが、ここにいる狼全部を倒せると思っているのか」

「それは戦ってみなければ分からないよ。ぼくの仲間をお前らが殺した。だから仇を取りに来たんだ。早くやろうよ、ビライ」

ビライは、「面白い犬だ」と言って、グゾンに「配下を、この若犬に5〜6匹あててやれ」と言ったら、グゾンは「分かった。俺が選んであてよう」と言って、目で合図すると、シュウガの前に6匹の狼が出てきて身構えた。シュウガも迎え打つ構えを取ったそのとき、シュウガの前を無数の黒い影が横切ったと思ったら、その黒い影は狼に飛びつき、攻撃を始めた。爪で狼の目を引っ掻き回し、両目を潰された狼は慌てもがき、崖から次々に落ちていった。シュウガは、影の正体が猫だとすぐ分かったが、戦いの中に入れず、見ている

しかなかった。

だが次第に猫の攻撃に慣れてきた狼は、猫が飛びついてきたその瞬間、猫を咥え噛み付き、一瞬で命を奪っていった。ビライは攻撃をジャンプして躱し、前脚で猫を叩き落としていた。

シュウガは、これでは猫が皆やられると思い、中に飛び込んで狼の脚を折って、動きを封じながら、

「ソマ、いるんだろう。皆を引かせてくれ！　皆、もういい、やめるんだ！」

と大声を出したが、戦いはすぐに終わらず、気が付いたときには、ビライと片目になったグゾンが残っていただけだった。シュウガは横たわるソマを見つけるとすぐ駆け寄り、

「ソマ、しっかりするんだ！　ソマ！」

と大きな声で言うと、ソマは気が付き目を開けてシュウガを見た。シュウガが、

「何故ここに来たんだ」

と聞くと、ソマは、

「老猫が亡くなる前の日だった。『もし犬と狼が戦いになったら、必ずシュウガを守りなさい』と言われたんだ。俺らオス猫50匹は、1カ月前に群れに別れを告げ、猫の縄張りを出て、シュウガを見守っていたんだよ」

と言って息を引き取った。シュウガは心の中でソマにお礼を言うと、ビライとグゾンの前に立ち、身構えた。ビライは、

「あれが猫なのか。甘く見ていた。若犬、お前の名は何と言う」

と聞くと、

「ぼくの名はシュウガだよ」

「ではシュウガ。始めるとするか」

と言って、ビライが先に飛び掛かっていった。


その頃ユウは、シュウガの帰りが遅いので、心配しながらも陣痛と戦っていた。ユウが、

「テラ、水が欲しいわ」

と言うと、テラは頷き、外に出て水を口に含んで、ユウの口の中に入れると、ユウは限界まで力を入れ、唸り声をあげて一子を産み落とした。ユウの息は乱れ、身体の力は抜け落ち動くこともできなかった。ユウは、小さな声で、

「テラ、その子の身体を舐めてきれいにしてあげて。テラ、シュウガとその子をお願いね」

と言って、ユウは息を引き取った。

テラは、泣きながら何度も首を横に振り続けていたが、泣きながらユウの子を舐めてきれいにしてあげると、真っ白な毛で胸に三日月模様のあるオスだと分かった。それに不思議なことに、この子の目はすでに開いていた。テラがよく見ると、この子の右目はブルーで、左目がグリーンであった。

飛び掛かってきたビライに対し、シュウガは正面から受け止めた。掛かっていったビライはぐらついたが、シュウガはビクともしなかった。傍で見ていたグゾンは、その一手を見てシュウガの強さに驚いた。

次にビライは、シュウガの前脚を取りに掛かったが、シュウガはジャンプしてこれを躱し、降りてきたときに一瞬でビライの喉元をがっちり咥えた。そして首を左右に振りだすと、皮が裂けるような嫌な音がした。

グゾンは、ビライが危ないと思い、飛び込んでシュウガの後ろ脚を咥えると、激しく左右に振りシュウガの脚を折ったが、それでもシュウガはビライを離さなかった。焦ったグゾンはシュウガの脚を攻め続けた。

ビライが崩れ落ちると、シュウガは後ろ脚を咥えていたグゾンの前脚を下から取り、一気に噛み砕いた。グゾンは痛さに耐えられず口を離した。

そこでシュウガは横からグゾンの首を咥え頸動脈に牙を刺し込むと、グゾンの息の根は止まり、倒れ込んだ。

だが、シュウガの脚の出血も酷く、次第に意識は朦朧とし、その場に倒れ込んでしまった。

シュウガは、マイクじいさんの手の温もり、母親リンの愛情、老犬の思いやり、老猫の優しさ、仲間の信頼などを思い出しながら、最期に「ユウ！」と叫んで息絶えた。

11カ月の生涯であった。

新　明（しん　あきら）
19XX年　群馬県X市生まれ

謎島

2025年4月12日　初版第1刷発行
著　者　新　明
発行者　中田典昭
発行所　東京図書出版
発行発売　株式会社 リフレ出版
〒112-0001　東京都文京区白山 5-4-1-2F
電話 (03)6772-7906　FAX 0120-41-8080
印　刷　株式会社 ブレイン

ISBN978-4-86641-851-3 C0093
Printed in Japan 2025